最低。

さいてい

紗倉真菜
Sakura Mana

目次

1章　彩乃

1

「不是那麼壞的工作嘛。」

洋平用莫名高亢的聲音說道，死皮賴臉的視線就這樣緊盯著彩乃唇邊。不是、壞工作。彩乃用顫抖的聲音無力地複述一次，洋平露出游刃有餘的表情點頭一笑——怎麼、可能。彩乃也虛弱地回笑。洋平那充滿濃厚酒臭味的嘴唇碰觸自己時，她突然想起剛才用同樣部位碰過的、陶器的光滑觸感。配著端上桌的料理，彩乃就這樣喝起對方勸進的日本酒。

小口小口地，舔拭般地喝著。

——十二月的東京。

被灌進大馬路的風吹得縮起脖子，環著雙臂的男女在選擇吃飯的店面時，來到位於青山一角、藝人們也很愛光顧的某家創作日式料理店。一道接著一道端上桌的料理，散發著高湯柔和纖細的味道。對彩乃來說，她並不覺得有多美味——像是墜落到搖晃的醉意裡——咕嚕。

她點頭答應了洋平的邀約。

「小彩，這種程度不算有喝酒喔。」

洋平嘲弄似地說著，彩乃無力地搖搖頭，說「不要再倒了」。總覺得從指尖到指甲，好像都灌滿了透明的液體。停下酒杯，她用力睜著眼睛盯住洋平。不勝酒力是正常的。彩乃畢竟才十九歲。「變成大人以後，應酬的機會也會變多，這種程度還好吧。」趁著興頭不斷勸酒的洋平，眼角瞇出皺紋，脣角卻微微露出猥瑣的表情。彩乃亂糟糟的胃發出痛苦的哀嚎。可是、還是去了。想要一點一點靠近此刻還無法碰觸到的、名為大人的怪物，像要把酒灌進喉嚨深處似地傾著酒杯，洋平用黏膩的視線很愉快地望著那樣的彩乃。

就這樣，蹣跚地拖著好奇心跟尚未穿慣的鞋，來到男人的房間。

——今天很冷。

感受到撫過身體的寒氣，彩乃用雙手抱住肩膀。她的故鄉在北國的港口城鎮。彩乃成長於釧路澄澈的天空之下，迎著略帶濕潤潮味的海風生活，應該很耐寒才對。所以，顫抖的或許是心靈吧——她這麼想著。脫下的衣服像蛻下的殼，冰冷地皺成一團扔在地板上。她橫躺在床邊，撿起單薄的洋裝重新套上。從床上爬起來時，幾乎已經要忘記的鈍痛疾走而過。看了一下自己的腳，泛紅的後腳跟已經腫了起來。彩乃彎腰輕輕撫摸瘀腫的部位。想到回去時也得穿那雙鞋，就覺得一整個討厭。看樣子，為了搭配服裝，選了這麼正式的細跟高跟鞋實在是個錯誤。應該有把ＯＫ繃放進包包吧？確認過之前胡亂丟著的包包在沙發上，彩乃重新環視這個對一個人來說大到近乎寂寞的寬廣房子。

「這個房子裡的家具，全部都是手工製的。」

自豪的聲音從彩乃身後逼近。

「唔。」

手指一用力，體液噗嘰溢了出來。

男人滔滔不絕的熱切言論，像是在這猥雜都會的洶湧波濤中偶然傳入耳中的雜音，滑過彩乃耳際。

「能拿來當武器的東西最好都拿來用喔。」

武器——

對彩乃來說，所謂的武器就是年輕。在自己眼前的這個男性大人，一輩子再也無法回到那個時期。身體光滑、新鮮。水水潤潤，像新長出的綠葉一樣閃閃發光。這雖是她最貴重的寶物，但另一方面，這樣的她還無法分辨世間的酸甜之味，尚未成熟的自己會被大人趁虛而入。彩乃自己很清楚這一點。

即使如此，也只能賭一把了。

「可是，光著身體工作跟陪睡有什麼不一樣？」

沒有多想就把腦中浮現的話說出口，洋平嗤笑般地輕哼一聲。

「那種更累。」

——更累？什麼意思？

彩乃把充滿酒味的唾液和問題默默嚥了下去。

嘴唇相觸前聽到的那句話——小彩，要不要拍一支試試看？

AV。成人影片。

就體力而言，負擔比較重的應該是那個吧。不過，對於能否高明地掌握男人的舵桿、靈巧地操弄，或許有適合跟不適合之分。女人雖然擅長撒嬌，但不可能只靠這一點就輕易跨越人生。

彩乃重重嘆了口氣，洋平的手臂撒嬌似地從背後伸過來貼住自己。「結束了嗎？」洋平甜膩的聲音伴隨呼吸輕輕撫過自己的脖頸。彩乃用力抿著嘴脣，溫熱堅挺的欲望，透過洋裝傳了過來。她輕輕閉上眼睛。

適當撒嬌就好，在這個世間打滾時，精打細算處理事情的能力才是更重要的吧。然而彩乃並不知道該如何在兩者之間取得平衡。

——不管是哪一種，都是未知的世界。

感受著下腹部久違了的餘韻。那種收縮感，就像是子宮發出窒息的聲響，恢復成原來大小的感覺。

她無事可做，就這樣站了起來，拉開厚重的窗簾。

身在十五樓，夜晚的街景在眼前一望無際地開展。窗外的雲層厚厚地覆了上來，看起來好像快要下雨了。不停閃爍的紅色、橘色、白色燈光，像是暈染開來的水彩，在黑暗中虛幻地搖晃。像、夢幻一樣。她伸手撫上窗戶。

「哇、好漂亮……」

——我、醉得好厲害。

此刻的些許醉意，帶著愉悅的快感侵襲彩乃。平常的不安消失無蹤。語言再次從背後逼近而來。

「怎麼樣？這麼漂亮的身體，太可惜了。趁年輕時可以做很多事啊。大家不是都這麼說，要是那個時候這麼做的話就好了。」

彩乃回頭望著那個熟悉成人影片業界、自豪地說著話的男人。那只不過是在臉書上，以朋友的朋友身分聯繫起來的即時關係。現代化網路上的邂逅，朝意想不到的方向發展。一切起因於國中時期的同學。她上傳的照片標註了洋平，這個人，有某個地方吸引著自己。互傳了幾次訊息之後，不知不覺就見了面。一直到剛才，粗粗的呼息一直都在背上游移。

女人也會有不良意圖的——

或許應該感到羞恥才對。彩乃這麼想著，默默把這個念頭放在心底。

「這裡的房租要多少？」

洋平在床緣坐了下來，披著皺巴巴的睡袍，在自家優雅的房子裡露出怡然自得的模樣。

「妳覺得要多少？」

「不知道，所以我才要問啊……嗯、二十左右？」

「含地段費用，再加個十萬。」

「那麼貴？」

為室內染上淡淡色彩的燈光，讓彩乃身體顏色較深的部位透過衣服若隱若現。三十萬日圓。要是每個月有那一大筆錢匯進戶頭，應該用在別的地方吧，彩乃想著。可以在某方面大大改變自己。她隔著衣服的布料，輕輕摀住底下正在發燙的部位。

從高樓層公寓往下看，市中心的繁華街道閃閃發光，正因為如此，看起來就像瀰漫著煙霧一樣，街道的細部顯得模模糊糊。像這樣往下看，街道變得好小。被車輛尾燈填滿的道路，像紅色海星一樣盤據在市區裡。

在這裡，無法想起釧路的黃昏景色。

——自己來到了一個好遠好遠的地方。

彩乃靜靜問道：

「一次多少？」

「妳是說拍一支片子嗎？」

「嗯。」

「……這個嘛。」

像是陷入沉思似地，洋平在菸灰缸邊緣輕輕彈著香菸（香菸牌子是Peace），菸灰落下。

「要看契約怎麼訂，如果是小彩的話，拍一支DVD，應該有幾十萬吧。」

「要做到什麼地步？」

「跟兩到三人做愛、然後就結束了……總之，主要目的不是為了錢。」

彩乃輕輕縮起肩膀。外面的風從氣窗灌入，發出令人不舒服的聲音。總覺得，自己好像被這個男人看穿了一切。彩乃覺得羞恥，於是陷入沉默。目的到底是什麼？不知道。要是有幾十萬日圓的話要怎麼用，明明隨便想也可以想出一大堆，可是自己卻什麼都不知道。這時，不知為何，腦中猛然冒出了比自己年長三歲的哥哥——天真無邪，永遠都那麼爽朗——平常的笑容。哥哥和姊姊都長得很好看，跟長相端整的爸媽非常相似。諷刺的是，不管是像沖繩的海洋、一片澄澈、彷彿可以把所有東西都吸進去的大眼睛，或者是形狀整齊的英挺眉毛，就連跟小臉一點也不相稱的結實骨架，彩乃也通通都沒有遺傳到。

「只有妳是剖腹產喔。」

仔細把放著體操服的手提袋整理好，彩乃的媽媽——泉美像是拿出懷念物品似地輕聲說道。

像是被醫生用手慎重捧出來似地，彩乃誕生到這個世界上。跟哥哥他們不一樣，哥哥他們中途拉搭著腦袋，像潛水似地穿過通往外界，黑暗、狹窄的產道，好不容易才露出身體。而彩乃輕而易舉地就從深海來到地面。

看著哭得毫不費力的彩乃，泉美打從心底鬆了口氣。因為第二次生產時遇到難產，吃過苦頭，「不想再對身體造成負擔，選擇這個方式是正確的。」泉美笑著說道。「而且，妳出生時是倒胎。只有妳是這樣。雖然懷孕中期常有這種情況，但我每天不管怎麼樣變換睡覺的方向，妳的頭就是不肯下來。『不要、人家想要這樣被生下來！』總覺得彩乃好像這麼拚命叫著。如果不是這樣，媽媽不會選擇剖腹產的。」

出身東北名門，不管是露出笑容的方式，或是講話時的抑揚頓挫，都顯得拘謹有禮的那張嘴，像是在嘲笑彩乃似地微微咧開——彩乃眼底看到的是這種樣子。

——從那時起，命運就已經決定好了。

三個小孩裡，泉美特別費心照顧彩乃，這難道不是因為同情彩乃的長相、覺得有罪惡感嗎——泉美該不會有外遇吧。只有彩乃抱著這種不祥的疑問。

「妳老媽該不會外遇吧？」

男人若無其事地說出辛辣言詞，但彩乃不為所動。

「可是，我的小指跟爸爸很像。」

什麼跟什麼啊，洋平笑著吐槽，彩乃伸出雙手，把有著特別曲線、充滿特徵的小指給他看……總是在這種「就算相像也沒什麼好高興」的地方像爸媽。

「喔。」

「……我大概一輩子都沒辦法理解爸媽。」

用一種像是在翻動紙頁的樣子，刷啦地說出心聲。

不管做什麼都煞有介事，就連吃飯的側臉都很美麗，在這樣的一家人當中，自己就像是被天鵝生下來的鴨子一樣，彩乃背負著這種沉重的違和感活到現在。「沒辦法理解爸媽」這句話，讓男人嚇了一跳。

他把彩乃拉過來挨近自己。

「等今年滿二十歲以後就沒有問題了，這樣也不會觸法。」

——身體很漂亮，最好趁年輕時把能做的做一做，滿二十歲的話，不需要得到父母的許可，也沒有觸法的問題。男人接二連三說出的話靈巧地蠢動著，把彩乃包裹起來。

「這樣很拘束吧。小孩又不是為了照著父母的願望活著才出生在這個世界上的。妳不覺得嗎？唸好的大學、找個穩定的工作、結婚當個好太太、早點生小孩，拚得要死要活。完全不知道那不是人生的目標，這就是被昭和時代徹底洗腦的想法。有時候我真懷疑，是不是一出生到這個世界上，腦袋裡就被植入了要我們強迫接受的價值觀。就像這樣，像機械一樣死板的是昭和時代的爸媽。明明是爸媽，卻像惡靈一樣附身，害小孩一輩子都很痛苦。想做的事，盡情去做不是很好嗎？」

彩乃咬著嘴脣，像是在忍耐什麼似的。想做、的事。就像往下望去的街道一樣，一直瀰漫著煙霧，其中到底有什麼呢，不要說探究了，就連去想都覺得可怕。認真念書，成績優秀，從來沒有讓爸媽或老師們煩惱。在這方面，自己跟哥哥姊姊不一樣。找到自己真正想做的事情的方法，既沒有寫在教科書裡，也沒有人會教導自己，就算照著校規或指導手冊努力念書，未來也不會明確地浮現出來。

高中畢業之後，彩乃像是從釧路逃出來似地跑到東京。這個春天之前，她都在市中心的美容專門學校念書。並不是因為擁有值得追求的特殊夢想。只是，如果沒有找一個來到這裡的理由，總覺得弄錯地方、出生在充滿閃亮希望的那個家裡的自己，似乎沒辦法從詛咒當中解放出來。

「放輕鬆一點就好了，妳這個年紀，就算失敗了也可以重來。」

將近四十的男人，很羨慕似地撫摸著彩乃的肌膚。從大阪來到這裡明明已經將近二十年，卻還是改不掉方言的口音。之所以感受到帶刺的說話方式，也都是因為那種口音造成的。

被洋平的雙手抱住，十多歲的鮮嫩身體鑽到男人下方。這是今天第二次的情事。在高級的房間裡，只有床鋪嘎喳嘎喳地發出彈簧被擠壓的聲音。

「我也當過ＡＶ男星，不管幾次都可以馬上硬起來。」

彩乃吃驚地咦了一聲。

「你不只是做挖角工作而已？」

洋平雖然沒有很高，但肩膀相當寬闊，在床上的時候，看起來比第一次見面時還要健壯。摩挲著像粗大樹木一樣、經過鍛鍊的手腕，洋平執拗地用力把香菸按在菸灰缸裡。血管像抓痕似地浮了上來。洋平用食指點點彩乃的鼻子，彩乃像在呼吸似地嗅著他手指上的菸味。

那時，長長的舌頭突然竄了出來。在室內燈光的照射下，閃爍著令人不快的濕潤光澤。洋平的舌頭像蛇一樣嘖嘖舔著彩乃的脖頸，很高興地說：「看，我很行吧。」男人就這樣大刺刺躺著，得意地撥著長長的瀏海。他用刷得白淨的牙齒啃囁彩乃的脖頸。剛開始覺得癢，可是，接下來她知道對方正在用力。痛。彩乃縮起腦袋。

「會有點痛，是因為愛情啊。」

莫名其妙的理由。

「我把妳介紹給石村。要是不喜歡的話，不要做就好了。但是，說不定小彩會一頭栽進這個工作喔。」

他誇張地睜開眼睛，說了聲：「好不好？」反應稍微浮誇是洋平的壞習慣。「……我再想想。」彩乃鑽進床上。空氣中散發著常見的廉價香水味。果然、還是好冷。她用雙手緊緊抱著身體，像挨近暖爐似地，往男人的腹側蹭過去。被咬的地方熱了起來。就像成熟水果慢慢腐爛一樣，總覺得身體一點一滴地被男人的毒所侵蝕。

窗外沙沙地下起雨來，下在瀰漫著霧靄的街道上。

2

柔柔射下的初夏陽光，照在冷冷流過住宅區當中的河川。

某個位於河邊、熄燈的攝影棚裡，彩乃和一個男人恰恰對上視線——是導演坂井。

從彩乃雙峰之間流下的唾液，閃閃發光。

連喘息的時間都沒有，男星那個聳立的器官緩緩從自己身後進入。隨著對方規則的震動搖晃身體，彩乃慎重地往後望，小心不讓彼此接合的部位分離。鏡頭就在那裡。望著鏡頭裡層層的構造，自己映在鏡頭裡的眼睛，也正銳利地盯著這邊。哎呀，我看起來、是這樣啊。脣角像要融化似地、柔和地微微一笑，露出很上鏡頭的熟練表情。

架在攝影機前的圓盤型立燈靠近自己的臉龐時，彩乃覺得很熱。坂井微微張開的嘴巴動了一下，說很好。

「可以來點即興臺詞。」

幾分鐘之前，坂井附在自己耳邊說道。

被對方往上頂，感受到壓迫著下腹部的飽脹感，彩乃「啊……」地叫著，發出更破碎的聲音。在男人越來越快的波動下，她的身體像是被用力拍打似地搖晃著。

「說要即興、該說什麼才好呢？」

「只要小彩用自己的嘴巴說明AV男星在對妳做的事就好了。」

沒辦法，只好搜索腦中想得到的、那些常見的淫詞穢語，喃喃地說出口。

「……等一下要從後面開始。如果在地板上不舒服的話，可以移到沙發來。」

準備下一場時，對方先告訴她體位的順序。

像是繞著花瓣來回飛舞的蜜蜂一樣，攝影機鏡頭舔拭過裸體的凹凸之處。被誘惑似的攝影機捕捉到的瞬間，彩乃總是習慣垂下眉毛。像是迫不及待似地，男人腰部的動作一下子變得激烈，放在彩乃臀部的手猛然用力。

那時，男人用右手拍了彩乃的大腿兩下。

——那是，兩人的暗號。

配合男人的喘息聲，彩乃綿軟無力地把身體往前傾，大量液體從尾椎附近飛濺開來。宛如恍恍惚惚、毫無生氣的人體模型，兩坨白稠的精子流淌出來。

「卡！」

隨著坂井的聲音，原本關掉的空調又重新打開，交談的聲音讓攝影棚像學校的午休時間一樣熱鬧，柔和的時間開始在室內流動。

——啊啊，果然。

對方射出來的東西，質感濃稠，與其說是液體，不如說是白濁的膠狀物。男人迅速抽了幾張衛生紙擦拭彩乃的臀部，把保特瓶和紙杯遞給彩乃。彩乃輕輕漱口，唰啦唰啦地漱著，在放著男人用過的衛生紙團的紙杯裡，把充滿大量精子的唾液吐了出來。

「痛不痛？」

很自傲地說自己一年上過一千個女人——的確都有認真地工作，但有時也無法讓人感到舒服。然而，男人對這一點並沒有自覺。彩乃直直盯著他晒黑的指尖。指甲細心地磨過，像是塗了護甲油似地，保養得非常光滑。指尖部分看不到白色指甲，短得讓人幾乎覺得已經貼到肉，指尖黏糊糊地沾著彩乃的體液。彩乃下意識地瞥開視線。

「我是『鐵鰻』，很可以的。」

這個比喻的意思是「像鋼鐵一樣的性器」。

「好厲害。」

男星笑得很低級。他用濕紙巾擦掉沾在手指上的彩乃體液，像不斷把香菸按在菸灰缸的洋平一樣執拗。彩乃大口大口喝著水，像是要把對方拔出之後、自己空蕩蕩的凹穴滿滿地填上一樣。

「要是痛的話，有人也會塗馬油或保能痔，下面畢竟比較不耐強力摩擦。」

男人像是為了找回二十年前的青春似地，把頭髮染成金色，但是只要在明亮的地方一看，就可以看到斑斑白髮的痕跡。當了二十五年AV男星的老手，應該跟自己爸爸同年。

男人突然回頭看了一眼沒什麼人類氣息的後方。

「話說回來，這個地下室還是一樣讓人不舒服。」

聽說這次拍攝的攝影棚，常常會看到不該看到的東西。不要說感應，彩乃連靈魂之類的東西都不相信，不過倒是聽過其中一個工作人員很開心地說著被附身之後，像劃著弧線似地軟軟倒下的女星八卦。那時，她笑著說，怎麼可能在這種地方被附身。可是，現在聽了男星的喃喃自語，總覺得有一股像是電流疾走而過的不舒服，噁心的觸感像是沿著背脊滑過似地襲上全身。說不定，「那個」一直都在這裡。放著牢獄道具的房間角落，像夜晚的墓地一樣讓人覺得毛骨悚然。如果真是如此，那些沒有形體的靈魂們，到底是用什麼樣的心情看著這些淫亂的行為？彩乃猛然回頭望著莫名缺乏人類氣息的黑暗角落。

「含午餐時間，我們一點再開始。」

助理導播用慢吞吞的聲音下了指示。得、快點才行。彩乃胡亂披著浴袍，朝昏暗的浴室小跑步過去。因為等一下還要繼續拍攝。

那時，似乎有什麼喀噹傾倒的聲音。

彩乃和石村大概是半年前相識的。

「好，現在就過去。」

彩乃和洋平急急忙忙地走出那家店，紅色燈籠被北風吹得搖搖晃晃。

「現在過去?已經三更半夜了耶。」

彩乃驚訝地用食指指著便宜的手錶，讓洋平看看時間。

「沒關係沒關係，他不是會為了這種事生氣的人。早點認識的話，小彩也會有很多樂子啊。」

冬夜冷得刺骨。街燈不太可靠的光線，照著兩人的腳邊。彩乃陷入沉默。

「來，趕快走吧。」

像是要跑起來似地，洋平用力揮動手臂。

西新宿一角。

離洋平家很近。這一帶的景致不管怎麼看，都是同樣的集合式住宅大廈。聳立的建築物群，彷彿一直在窺視彩乃的模樣。無法好好釐清像罪惡感般、縱橫交錯的複雜思緒，彩乃默默地跟在洋平身後，咚咚咚地走著。

「這女孩的感覺跟身體都很不錯，把妳簽進 BeStar 當專屬好了。」

彩乃繃緊神經，不想被隨便當成離家出走的少女來打量，石村的臉色一點也沒變，爽快地招呼兩人進自己家門。

石村的住處，像是貼了「認真」兩個字似地，瀰漫著很有品味、像二手書店般的味道。穿著輕鬆家居服的石村，依照人數從冰箱拿出啤酒，放在桌上，朝彩乃微笑說道：「妳是臨時被島田帶來的吧？」島田、啊、是指洋平，彩乃好不容易把兩者劃上等號。「是的……」她一邊猶豫地說著，一邊在椅子坐了下來。胡桃木材質的地板，像是開了暖氣似地很溫暖。時鐘的指針恰好指著深夜一點。擔任這家 BeStar AV 製作公司社長的石村，跟洋平是很早以前的舊識，不過兩人的氣質卻天差地遠。看到塞滿咖啡色書架的書山，啊啊，剛才聞到的味道原來是這個，彩乃了然於心。

是個純粹而認真的男人。

石村從電視架拿起黑框眼鏡，不斷眨著眼睛。

「住東京嗎？」

大概是因為鏡片很厚，石村的眼睛看起來變小了。

「兩年前從北海道來東京。」

寬廣的房間跟洋平家不一樣，走簡約俐落的風格。總覺得這一點也顯示出石村的人品。不虛榮不做作的態度，讓人感受到像喝了紅茶之後，那種放鬆溫暖的安全感。室內只有最低限度的物品，沒有到處亂放的雜誌或衣服。

家具是以藍色為基調的寒色系，整體感覺十分雅致。

「北海道，是很好的地方啊。我以前去那裡旅行過，不過去的是網走。我想以後要是有小孩的話，想要在這種地方養育他們。雖然很冷，可是生活在大自然之中，對眼睛也很好。彩乃家離那裡很近吧。」

「釧路一樣也在道東，可是，我沒有去過網走。」

「啊啊、是嗎?距離近的地方，好像反而都不會去呢。我老家在千葉，可是我從來沒去過迪士尼。」

「咦，是喔。」

「是啊，還有，我也不太吃所謂的名產落花生。」

後來，時間也像這樣緩緩流逝。

「……那個。」

改變流逝方向的是彩乃。

「怎麼了？」

「該怎麼說呢，不用面試一下什麼的嗎？」

「啊，下次來事務所填一些資料就好了。難得的夜晚，要是講那些煞風景的話題，不是太無趣了嗎？」

關於出身地的話題像泡泡一樣膨脹。不用「超」，而是說「特」，雖然有這種使用方言的差異，但藉著酒精的力量，也可以聊得很開心。三人一邊拿螢魷乾當下酒菜，一邊看著深夜電視節目。轉到其他頻道時，跳出運動節目的現場轉播。當記者慌慌張張報告結果時，就這樣切到另一臺的週末天氣預報。跟不斷轉臺的電視一樣，三人的話題也飄來盪去，天南地北地亂聊，就這樣無所事事地耗著時間。

「結果，跟石村先生這種人品很好的人不一樣，大阪人都很愛誇飾。等注意到的時候，就覺得越來越誇張。」

起因在於，彩乃對洋平房間的色調，喃喃說了句：品味真差。

「他們只是把各種鮮豔的顏色放在一起而已，對家具的品味也一樣，牆壁上掛著鹿的標本，還有那些動物花紋的雜貨，全部都很像洋平的品味。」

「話裡帶刺啊，小彩好嚴格。」

擺出像是在鬧脾氣似的表情，然後又像是撒嬌似地緊緊朝彩乃倚了過來。

從冰箱拿著新的啤酒走回來的石村，手就這樣停住。兩人視線交會。赤裸的接合部位，脖頸上被咬的疼痛——擺出男人喜歡的表情，一邊脹大一邊把身體疊上來的洋平和自己，這些場景不斷切換，迅速在腦中閃過。總覺得有某種尷尬的感覺，彩乃的嘴突然動了起來：「對了……」

總覺得、不說點什麼不行。

「對了，這裡看得到東京鐵塔耶。」

她指著窗外，「你看……」柔柔照著夜空的紅色燈光，散發出鮮明而溫暖的光輝。

「啊啊，是啊。在找房子的時候，想說我回來的時間都很晚，所以要找個最低。

即使是夜晚也能讓自己感到安心的地點。跟天空樹比起來，我是東京鐵塔派的。」

兩人默默望著這根東京蠟燭。

喝了一口啤酒，彩乃適度地應了一聲：「是啊。」洋平來到這裡之前，在站著喝酒的無座小酒館已經喝了一輪，此刻開始在自己隔壁發出豪爽的鼾聲。東京鐵塔，果然很漂亮。那一帶，像是被暖色的光芒所支配似地，夜晚的天空也染成一片紅色。

——媽媽叫了起來。

天空樹剛完工的時候，泉美看著電視不斷驚呼。「彩乃、是六三四耶。這不是很高嗎？」她像是很驚訝似地提高了音調，用力盯著天空樹和周邊街町的特集節目。雖說高度六三四公尺，但住在日本最北邊鄉下的兩人還是無法想像。在北海道最高的，是位於札幌市的ＪＲ塔，高一七三公尺。在電視中打著藍色燈光的日本第一高塔，靜靜地沉入東京的黑暗之中。「可是，媽媽還是比較喜歡東京鐵塔。」這句話和石村的話重疊了起來。好想去看一次，媽媽不只一次央求似地說著。那是從來不曾離開故鄉，土生土長北海道人的玩笑話。

——快點回來。

每次看著東京的象徵，體內的故鄉總是搖曳著身影，讓彩乃的胸口像是被撕扯似地，感受到微微的痛楚。身體覺得越來越沉重，像是只喝罐裝啤酒就醉倒似地。自己雖然停了下來不再繼續喝，但就像坐上飄搖的船一樣，覺得身體好像一直在搖晃。沉默在房裡流盪。年終特別節目演得正熱鬧，喧喧囂囂地響遍整個房子。

「石村先生有沒有遇過光是活著，就覺得心裡越來越苦的感覺？」

彩乃覺得這個問題有點奇怪。石村很認真地望著彩乃問道：

「心裡越來越苦是什麼意思？」

「總覺得很寂寞，難受到不知道怎麼辦才好，身體像是被撕裂的那個瞬間。」

石村像是在琢磨言詞似地沉默著，然後開口說：「這樣啊……」

「就像是這個業界以外的人，都不能理解自己的時候嗎？」

「什麼意思？」

「這個工作給人的印象像是拿女孩子來做買賣，為什麼你要做那種工作？為什麼要做那種讓人難以啟齒的工作？被父母跟朋友批判，莫名誇張地關心自己，就像是這樣嗎？」

「不要說自己在拍ＡＶ，說是在演藝界就好了。」

「我並不是在內疚。」

石村伸手拿起啤酒罐。

「我絕對不是想要拿女孩們來賺錢。我只是覺得，與其要讓來路不明的某人胡亂利用，不如由我來守護她們。在優質的環境裡，心靈和身體都不會受到粗暴的傷害。」

這些話，不知為何，細細地滲透到彩乃心裡。

「這個世界的想法實在太悲觀了。明明不是什麼違法的事。」

「唔，實際的評價就是那樣。日本文化尤其什麼都要隱藏。明明沒有做什麼壞事，而且說不定還成為某人心中的一盞光明，可是卻被斷定成是在做丟臉的事。全年無休地應付偏見或差別、批判，這種現狀也是沒辦法的。可是，如果要一一去應付那些事情，實在太浪費心力了。左耳進右耳出的靈活態度，是可以從這個工作學到的事情，很快就會習慣了，而且會快到讓自己嚇一跳。」

洋平的打呼聲越來越大聲，響遍整個室內。

「是嗎？」

彩乃喃喃說著。

「嗯，雖然意外，但的確就是這樣。」

像是很懷念似地望著東京鐵塔的紅色燈光，石村喃喃說道。

3

想要咒罵自己毫不在乎接起電話的粗心和愚蠢，是在拍到第二段的時候。

「彩乃！妳現在……在做不要臉的事情對吧！真是、真是不敢相信！」

這是洗過澡，把汗水和體液沖掉，剛回到化妝間的時候。彩乃的手機在安靜的室內響起。螢幕顯示的號碼似曾相識，可是沒有來電者姓名。在彩乃的記憶中，離開北海道時，她應該只有把電話號碼告訴姊姊和少數幾個當地的朋友而已。

電話另一頭傳來的是泉美的聲音，讓彩乃心中充滿疑惑。

「我知道妳在做奇怪的工作！姊姊很擔心，所以把事情都告訴我了。聽說這件事在大學也已經傳開了！」

落雷般的震動傳進耳中，讓彩乃一陣暈眩。這一刻，她知道自己目前為止的隱瞞通通失去意義。身體像被鐵絲戳刺貫穿似地，猛然僵住。

「……我只是去上學而已。」

彩乃雖然搖著頭，但泉美似乎什麼都聽不進去了。

「怎麼可能只有這樣！到底是怎麼回事，快點說清——」

泉美的話才講到一半，彩乃下意識地猛按電源按鍵。耳中像是盪著回音似地，「彩乃……！」——泉美的聲音不斷傳來，越來越大聲，步步逼近彩乃。總覺得像是被一雙大手攫住肩膀似地，她下意識地閉上了眼睛。

一個月一支影片的系列，如今已經來到第九支。

藉著石村的力量，成為這個業界比較有名的成人影片公司的專屬演員，雖然還不到來勢洶洶，不過作品賣得很不錯。

就像洋平說的，彩乃的身體很有魅力。像圖畫一樣豐滿的胸部，一路延伸到腰際的美麗線條，細長的纖纖手腳。這些都很上得了檯面，而且也襯出了彩乃對自己長相的自卑感。「洋平，我想要去整形。」彩乃常常這麼說，洋平就會用力搖頭回答：「不行。」

「整過頭的量產型臉皮我已經看膩了。為了讓男人頂天立地，稍微抱歉的長相也是必要的。現在這種絕妙的安排，妳不覺得已經讓男人們神魂顛倒了嗎？」

彩乃已經漸漸習慣這個男人失禮的說話方式。她一點也無法接受洋平的說法。反正等存夠錢，就依照自己的理想，這張臉愛整哪裡就整哪裡。自己一直在等待那一刻，應該不會太久了——彩乃如此想著。

自己的人生現在才要開始而已。

她脫下浴袍，換上下一場要穿的衣服。

跟長臉的彩乃一點也不適合的水手服，和幾近透明的內衣掛在衣架上。布料貼在肌膚上的時候，乳暈和陰毛一覽無遺，就衣物的蔽體作用而言幾乎等於零。以「十款造型真槍實彈」為題，塞滿各種造型、各種情境的四小時作品。鏡頭分析單上記錄著其餘九個場景的流程。交纏、口交、亂交、自慰……

煩死了。

彩乃之前曾經仔細想過，也模擬過各種應對方式，但沒想到會在這種意料之外的時刻曝光，她還是覺得慌張。

她坐在床角。

深呼吸。

濡濕的髮絲，啪搭、啪搭地滴著水珠。

在寬大的化妝臺前，整齊地放著化妝品，像雜貨店的展示品一樣。從外面照進來的陽光把壁紙晒得發黃。大概是屋主開始經營攝影棚的時候自己貼上去的壁紙吧，到處都是凹坑不平的氣泡，金屬窗框也濺到黏膠。五層樓的建築物，改裝成學校教室、只有一節車廂的電車、牙醫診所風格的診療室——那個有著毛骨悚然傳說的地下室、飄散著討厭濕氣的牢房也是其中之一——這裡設置了許多場景。這個只放著粗糙雙人床和化妝臺的房間，則是拿來化妝跟換衣服。

大型卡車斷續的警報聲，在屋外吵雜地響著。

——姊姊的朋友，是從哪裡知道的呢？

常聽人家說，會被親朋好友從便利商店的成人雜誌櫃上放置的雜誌封面認出來，自己也是那樣嗎？照片都用電腦修過，就像現在的大頭貼一樣，膚質和眼睛大小已經修到幾乎跟原本不一樣了。釧路在道東雖然算是都會區，但主要產業還是以漁業為主，像彩乃她們這種年輕世代的人口比例並不高。想到姊姊那位在大自然孕育出來的特殊氣候裡自由自在地成長、認真地把這種事說出來的朋友，或許應該讚美一下這個人的勇氣吧。

——誰都沒有好處啊，這個笨蛋。

彩乃冷笑著。

用喘息般的嘶啞聲音呼呼笑著，自己感到越來越丟臉，然後越發強烈地感覺到自己的悽慘跟微不足道。

夜晚自空中降臨。

結果，在拍攝結束之前，她都沒有打開手機的電源。接近晚上十點左右，身體已經累到好像會發出嘎吱嘎吱的聲音——畢竟，已經承受了一萬次以上的活塞運動，連呼吸都變得紊亂——實在沒有力氣特地打電話去說服媽媽，或者去看像是要痛毆心靈一頓的書面電子郵件——當然，這是想像。

拍攝很順利，既沒有拖到時間，也沒有提早結束，在預定的時間內完成拍攝工作。

——接下來要幹什麼呢？

坐上在攝影棚前攔到的計程車，呆呆地望著飛逝而過的都會街景。彩乃對未來感到不安，沒想到這麼快就被自家人發現，這件事讓她深深感到痛切。車子開過六本木的街道，整條街都像霓虹看板一樣閃閃發光，熱鬧到好像快要炸開。彩乃看見一對男女跌坐在路邊，男性抱著踉蹌著腳步、就這樣倒在路旁的女性。在這種時間反而格外引人注目，這時，彩乃才突然意識到今天是星期五。

這個工作的期程，最近越來越不固定。不管是讓人憂鬱的星期一，或者充滿解放氣氛的週末之類的假期，跟彩乃都沒有關係。對日期的感覺越來越生疏，是從事這份工作的人常有的情況。

「小姐，您還是學生嗎？」

原本安靜的司機，透過後照鏡跟彩乃搭話。是初老的嘶啞聲音。

「不是，我在上班了。」

彩乃沒好氣地低聲說道。

「哎呀？是嗎？」

上下打量似地瞥了彩乃一眼，司機露出不可思議的表情歪著頭說：

「您看起來很年輕啊，是從事什麼工作呢？」

不知道他是不是把聊天誤解成服務的一部分，司機用毫無惡意、活力十足的聲音問道。總覺得，放在前方的優良司機駕照，似乎散發出閃亮的黑色光澤。

——又來了。

實在很想嘖一聲，不過彩乃也已經漸漸習慣被人這麼問。像她這種年輕女性，在這種搭電車也可以到的距離內，花五千日圓以上的錢搭計程車，在他人眼裡看來的確很有問題。同年紀的朋友，一定也沒有做過這麼奢侈的事情吧。可是，之前工作得那麼「用力」的自己選擇這種奢侈的方式，又有什麼不對嗎？如果因為不合宜就要受到處罰，那麼所謂合宜的標準又是什麼呢？

在美容院或指甲沙龍裡，第一次填寫基本資料表的時候，她越來越常在職業欄寫上「ＯＬ」，這絕對不是對自己的工作感到內疚，只是因為很討厭店員追根究柢地詢問，而且要一邊忍受好奇的視線一邊選擇自己要的服務項目實在太煩了。

彩乃轉換了一下心境，把這種情況當成交際的一部分，找出用來應付這種場面的適當回答。

「我在做郵購。」

「喔、郵購嗎？對了，在五反田的××……」

……糟糕，原本想要中斷的對話反而熱絡了起來，彩乃後悔自掘墳墓的舉動。「在這個時代生活不容易啊……啊、公司有訊息進來了。」彩乃說著，斷然結束對話，重新打開手機電源。她打開 Line，確認明天的行程。下午三點在事務所前面集合，不必特別帶什麼東西，自行化妝、穿自己的衣服。訊息數量多到嚇人，彩乃設定了封鎖功能，刪掉對話，把手機丟回包包裡。

想到明天可以睡到接近中午，心情不由得愉快了起來。

從車窗抬頭看天空，月亮悠哉地掛在暗夜裡，今晚也把閒適安靜的惠比壽住宅區照得蒼白一片。

在靠近自家附近的三岔路口，彩乃把計程車費付清。

為了以後跟經紀人請款，彩乃仔細地把收據放進錢包裡。把腳伸到車外的時候，微熱的夜風從建築物之間咻地吹過，惡作劇似地撩起彩乃的裙子。她一邊用手壓著裙子，一邊穿過大馬路。回頭一看，只有滑著手機的上班族露出疲憊的表情走在路上，彩乃於是安心地掀起平常那個紅色門簾。

一打開門，注意到有客人上門的店員，用充滿活力的聲音說：「歡迎光臨！」其他店員也跟著像鸚鵡一樣用長長的聲音重複說道。彩乃站在售票機前面，煩惱著要不要選店家推薦的鹽味拉麵，最後選了叉燒拉麵，油滋滋的那種，然後加點了半熟蛋和筍乾，稍微猶豫了一下，又按下加麵的按鈕，然後順便點了啤酒。這個月的拍攝工作已經結束，這時就算變胖也沒關係。她把五張票像打開的扇子一樣放在桌上。

「謝謝您的光臨！」

彩乃用手帕擦著額頭上的汗，店長很難得地用充滿氣勢的聲音問候她。

店裡稀稀落落地坐著穿西裝的男女。大家似乎都跟彩乃一樣是自己一個人上門，靜靜吸著麵條的聲音在店內此起彼落。放眼望去，幾乎都是在回家前，想要放鬆喝一杯的人們。

一邊跟熱騰騰的熱氣搏鬥，一邊吃到碗底朝天。油的份量跟鹹淡還是一樣恰到好處，彩乃喃喃說著。跟纖細的清湯比起來，她比較喜歡味道厚重的料理。這就是庶民的舌頭嗎？才五分鐘左右，就已經可以看見碗底的漩渦圖案。

「……根本還沒喝過癮啊。」

望著空空如也的啤酒瓶，彩乃確認了一下手機。十一點。她蹣跚地走出拉麵店。額頭上冒出圓形的汗珠，還留著夏天餘韻的初秋微風撫過肌膚。仔細一看，路上的車也變少了。

回家之後，把包包丟到沙發上，從抽屜裡拿出適當的衣服換上。胸口開成深V的緊身裙，充滿了露骨到令人不敢置信、象徵著女性體型的浪蕩。彩乃一邊跟汗水淋漓的身體奮戰，一邊套上了長筒襪。

把工作了一天之後幾乎已經糊光的妝重新補好，把粉底暈開的部分重新上過，刷上薄薄的粉紅色頰彩，塗上顯色的紅色唇膏，化出一張適合夜晚的妝容。

像是被成人的魅惑所引導似地，她輕巧地走進夜晚的街道。

4

離大馬路有一段距離，默默營業的隱蔽酒吧，像古典的咖啡館一樣，在門口掛著鈴，鏘啷鏘啷地，輕快地通報了彩乃的到來。走進店裡，穿著西裝的客人、ＯＬ、和熊——正確說來，是戴著動畫角色帽子的男人——混雜地坐著，店裡熱鬧滾滾。裡面的包廂也有附卡拉ＯＫ，很多人會把包廂整個包下來唱歌。從進進出出的客人之間，發現有新客人上門的酒保，笑瞇瞇地引導彩乃坐到吧檯前。

老實說，酒的味道沒什麼改變。彩乃想著。雖然有酒精濃度的高低之分，但對於香味的豐富或味道的芳醇，並沒有感受到像廣告文宣上所寫的那種感想。能夠聊起酒的美味，應該是更之後的事情了吧。

開始拍AV之後，跟洋平上床的事也跟著中斷了。

「彩乃已經是大家的了。」

從放蕩的嘴裡，伴著有臭味的呼息一起吐出這句話的時候，對彩乃來說，這個男人的存在已經變得可有可無。不，雖然一開始就不覺得這個男的值得自己抱持執著般的感情，對現在的彩乃來說，洋平已經是個幾乎等同外人的存在了。

結果，還是沒有人能瞭解自己。工作上也是。

——既然如此，就這樣吧，但真的好嗎？

不要撒嬌，退一步觀察著自己的另一個意識，在腦中用力揮下一拳。那種事，一開始不就已經知道了嗎？

……可是。

盡情地大啖拉麵之後，心情其實還不錯的。但現在又覺得好想哭，下意識地一口一口喝著手邊的酒。

——接近十二點的時候，入口的鈴輕快地鏘啷鏘啷響著，告知了新客人的到來。深藍色的帽子壓得很低。雖然對方彎著腰穿過入口，但可以看得出是個高大的男人。從外表看起來，年紀大概是二十多歲，或三十歲左右吧。只有臉頰凹瘦，肚子卻鼓鼓的，隔著衣服也看得出凸凸的小腹。

男人確認了一下坐在吧檯右邊的彩乃，然後悄悄地在最左邊的位子坐了下來。沒有人跟在他身後進門，看樣子他也是一個人來。男人首先點了一杯雞尾酒，第二杯就點了紅酒。喝酒的速度似乎很快。

「……唔。」

彩乃盯著他觀察了好一會兒，像是注意到彩乃的視線似地，男人用眼角餘光惶恐地望著她……眼神交會。彩乃勾出微笑。是自己擅長的、男人會喜歡的表情。男人像是很驚恐似地睜大眼睛，把臉湊近手邊的酒杯，停頓了一小段不知道是在思考還是在疑惑的時間之後，朝彩乃露出溫柔的微笑。那之後，兩人的眼神開始一直交會。像是找回原本的動物本能一樣，牽制對方，宛如在草叢裡相互窺探的肉食性動物。

回過神的時候，彩乃登登登地踩著高跟鞋，搖搖晃晃地靠近了男人。

「你一個人嗎？」

明明知道對方一個人，但因為不知該怎麼搭話，所以彩乃還是這麼問了。

「是啊，妳也一個人嗎？」

他點點頭，不帶任何意味地對上她的眼神。

「……你的眼睛、好紅喔。」

彩乃像是發現什麼有趣的東西似地喃喃說著。「啊啊。」男人皺起眉頭，說了聲：「是隱形眼鏡，長時間戴著就會這樣。」他一邊說著，用手背胡亂揉著眼睛。

看到那一對像兔寶寶一樣紅色水潤的眼睛，讓人覺得在意，另外，他臉上刻劃著深沉的皺紋，算是很英俊的男人，跟酒保交情似乎不錯，每個禮拜會過來喝兩次酒。

「那個、你叫什麼名字？」

「HIBINO ITARU。」

「怎麼寫？」彩乃問道。

「呃呃，像這樣。」

說著，男人從口袋掏出原子筆，在玻璃杯下面的圓形紙杯墊寫上「日比野至」。

特別吸引彩乃的是他的聲音。聽起來很清爽，聲線稍顯低沉，如果要分類的話，應該可以算是美聲吧，會讓人想要傾耳靜聽。日比野說，他在彩乃連聽都沒聽過的「Mystery Magazine」靈異雜誌編輯部工作，已經邁入第五個年頭。這個話題，讓他們重新點了一杯酒，朝彼此敬酒。

「啊啊、不行，喝了酒，很容易說錯話。」

「怎麼說？」彩乃問道。

「我的上司是個女主編，我們關係不太好。」

彩乃很喜歡聽別人吐苦水。跟煞有介事地拿自傲的豐功偉業反覆說個不停、或是賣弄知識的長篇大論比起來，像這種參雜著黏膩感情的世間瑣事，她反而能夠產生比較深的共鳴。彩乃支著臉頰，誘惑似地追問：「然後呢？」

挾著酒精，不滿的情緒口沫橫飛地溢了出來，源源不斷。

「那個主編，從外表看起來是個大家都會稱讚的美人。」

就像彩乃一樣，因為不知道對方的來歷，所以才能說得更多。彩乃默默點頭。

「世界上多得是只有外表好看，但內在空空如也的人。」

說著，彩乃想起五官像人偶一樣精緻的媽媽和姊姊。雖然不能光憑外表來判斷一個人，但跟充實豐富的內在比起來，見面時的第一印象主要還是視覺，彩乃很清楚這個不折不扣的事實。

「沒錯沒錯，年紀大了以後要怎麼辦呢？雖然是別人的事情，但總是會感到擔心。雖然對方可能不希望別人這樣擔心自己。」

「沒錯！」彩乃抿著嘴脣，用力點頭，這時身體卻突然軟了下去，日比野扶了她一把，讓她坐回原來的位子。

「怎麼醉成這樣，彩乃小姐，妳一個人沒問題嗎？」

「日比野先生，等一下你要幹什麼？」

把手腕抵在胸前誘惑對方，不過日比野卻一臉平淡，態度沒有任何變化。

「這個嘛，明天還要早起，所以差不多該回去了。」

他看了一下手機待機畫面的時間，點點頭說道。

「要不要去我家坐一下？」

私人時間的性愛，已經被她丟到很遠的地方去了。最近算起來，只有一次，彩乃一個人喝太多，在路邊狂吐時，一個剛好要回家的男人伸手幫了她，就這樣順理成章地進了旅館。他比彩乃年長一點，在老家靠爸媽養活，好像聊了諸如此類的丟臉話題。話說回來，名字……忘了。

想要一口氣把現在所懷抱的煩惱、長年累月堆積在心中的灰色沉澱通通清空，盡情沾染全新某人的味道。

——我比那邊的女人高明。

充滿了對久違情事的期待，鼻翼浪蕩地擴張。雖然沒有那麼飢渴，但油然而生的欲望讓彩乃顯得積極。就算冒昧可笑，但是到了這個地步應該不會被拒絕，彩乃很有把握。

日比野露出困擾的表情。

「嗯、是可以啦，妳住哪裡？」

「……這裡。」

彩乃拿出手機，在 Google Map 輸入自己的住址，標註了大頭針的畫面猛然跳了出來，依照對話框的顯示，徒步二十分鐘，坐車七分鐘。

「啊，離我家很近。」

這樣可以，日比野說著，兩人分別結了帳，坐上計程車。

他們的記憶，就到此為止。

睜開眼睛的時候，彩乃在自己房裡。

而且好好地蓋著棉被。

用指甲輕輕摳了一下皮膚，似乎有好好把妝卸掉。外面很暗，於是產生了已經睡掉一整天的錯覺，確認了一下手機，是天色未明的早上，彩乃拉了一下電燈拉繩。

三十年屋齡，兩層樓高的廉價公寓。一房一廳，離車站很近，四周有便利商店和小型超市，這麼好的條件，房租卻只要五萬日幣，是個珍貴的物件。不過，住家安全不夠好，牆壁很薄，可以聽到隔壁的說話聲或電視聲音，以單人女性的住處來說，這一點很不牢靠。

來到東京念專門學校的時候，跟當時的男友一起租下這裡。

緊緊靠在土黃色灰漿牆壁上的書架，塞滿了兩人看過的書。彩乃主要是懸疑小說派，戀人則對三國志之類的中國歷史很有興趣，兩人都會看書看得入迷。因為不是很有價值的書，所以他也沒有回來把書拿走。抽屜裡放了好幾件男性內褲，沒有特別想要丟掉，就這麼塞在抽屜的最內層。

陽光照了進來，頓時變成明亮的白天，在燈泡的照耀下，房裡顯得比以前還要寂寞。

——話說回來，幸好沒有醉得很失態。

以前曾經因為冷到發抖而醒來，發現自己醉醺醺地穿著衣服浸在浴缸裡，不知為何洗了澡。彩乃腦中還閃過自己在更衣間粗暴地把濕衣服脫掉、只穿著一條內褲睡覺的黑暗歷史。不知道自己有沒有亂尿尿，慌慌張張地打電話給朋友，把記憶的片段撿回來拼湊，想起來實在很丟臉。結果，幸好那些丟臉的事都是發生在這個房子裡，彩乃鬆了一口氣放下心來。

雖然喝得醉醺醺，但還是把薄薄的棉被拉了出來，讓日比野睡在上面。真想頒個「努力獎」的勳章給自己。

……可是，我們有做嗎？

小心不要吵醒日比野，彩乃抬起沉沉的腦袋，去浴室洗了個澡。猶豫著要不要用吹風機，後來還是像包頭巾一樣，用毛巾把半乾的頭髮包起來，拿出一本書架上的文庫本。

坐在廚房的木椅上，刷啦刷啦地翻著書頁，沒一會兒，天空已經泛出紅光。

屋裡慢慢變亮，彩乃關掉電燈。日比野還在靜靜睡著。彩乃靠近他，看著他的臉，他長長的睫毛沾著水氣。

「不把隱形眼鏡拿下來沒關係嗎？」

要是角膜受傷的話就危險了，細菌會繁殖，眼睛會變得更紅，那就糟糕了，像媽媽一樣的擔心閃過心中，彩乃把日比野搖醒。「嗯……」他喃喃應著，口中吐出黏膩的氣息，慢吞吞地移動身體，微微睜開眼睛，然後就這樣慢慢地用食指和拇指把隱形眼鏡拿了下來，總覺得好像可以聽到啪的聲音，感覺好像很痛。他把短命的隱形眼鏡放在彩乃遞過來的面紙上，然後像是睡死了似地繼續倒頭大睡。

過了好一陣子，日比野才慌慌張張地跳了起來。

「啊、你醒啦？要洗澡嗎？還是要喝水？」

「先給我水……」

彩乃扭開水龍頭，日比野低低說了聲：「……那個，」他搔搔頭髮，很困擾似地陷入沉思。短短的瀏海，因為睡相不好而翹了起來。

「……我們、上床了嗎？」

「……這個、我也不記得了。」

只是剛才去上廁所的時候，發現有一點點漏尿而已。

這時，日比野像是想到什麼似地，哈哈笑了出來。像是把酒裡的水分全部蒸乾似的，喀啦喀啦的乾澀笑聲。哈哈、哈哈哈哈，輕快地貫穿土黃色的牆壁。

「在笑什麼？」

小聲一點，彩乃把食指抵在嘴唇上說道。

「像這樣喝到掛掉，不知道已經是多久以前的事了。我一直都是一個人喝酒。不過我記得，昨天是個很愉快的夜晚。」

說著，他用舌尖舔了一下酒紅色的乾燥嘴唇，這或許是他的習慣動作吧。

「嗚哇，頭好痛……」他像擁抱似地用雙手摸著腦袋，環視著這個只放著書架跟化妝臺的破爛小房間。

「真好，跟我學生時代住的公寓很像。」

他說。這時，大概是卡車經過公寓附近，房子本身像被傾軋似地搖晃著。

「在這個公寓裡，曾經用力笑過、用力哭過。」

跟以前交往的戀人上床時，怕聲音會傳出去被人家聽見，要做愛嗎?怎麼辦?因為顧慮著隔壁住戶，所以在地板上相擁，這是很久很久以前，虛幻青春似的事情。要是昨天有做的話，大概就尷尬了。雖然是邊間，但自己這個房間像是被環繞似地，隔壁跟下面住的都是附近國立大學的學生。

而且，都是男的。

唉。彩乃嘆了口氣。

「我可以沖個澡嗎?」

日比野邊說邊站了起來。

「請，毛巾的話，請用那邊的。」

「……哇，味道好好聞喔。」

日比野開始聞著毛巾，彩乃朝他的背影催促道：「請快一點去洗。」現在才七點多而已，距離出門時間還很早。彩乃在平底鍋裡倒了油，開始煎培根，然後把兩個蛋打進去，加水，撒上鹽和胡椒，蓋上鍋蓋，這時，「太厲害了，竟然有三個肥皂！」日比野驚訝的聲音像是穿透牆壁似地響起，傳到廚房來。

彩乃就這樣站著，刷啦刷啦地翻著書。雖然沒有把文字看進腦袋裡，不過這樣也可以。東京鐵塔在早晨的藍天之下，默默地俯瞰著開始忙碌穿梭的人們。

久違的戀情。

5

彩乃走上公寓外的樓梯，發出鏘鏘的聲響。生鏽的扶手跟裸露的鐵製樓梯地板，看起來實在不太可靠。房東雖然有定期打掃，但附近茂密行道樹的葉子會飄過來，在細窄的走廊角落越堆越多。掛在手上的袋子裡，有幾包貼著黃色特價商品標籤的豬肉跟青蔥，可以看到青蔥無法完全塞進袋子的綠色部分。在季節交替的時刻，彩乃的身體狀況出了一點問題。剛搬到這裡時，總是用開朗心情踩著的這個樓梯，現在只是一條通路，通往讓身體休息的房間而已。

房間前隱約出現兩個熟悉的身影，彩乃「啊……」地叫了一聲。

「彩乃，跟媽媽好好把事情說清楚。」

看到眉毛倒豎、凶神惡煞似地扠腰站在門口的泉美，跟執拗地一直把香菸按在攜帶式菸灰缸裡的姊姊沙也加，彩乃知道自己已經無路可逃。

「什麼時候來的？」

「剛剛……正確說來，是三十分鐘之前。」

彩乃環顧了一下周圍，這裡不適合講話，她把兩人趕進狹小的室內。

「反正不管怎麼說妳們也不會瞭解，只是浪費時間而已。」

「坐吧。」彩乃一邊把食物放進冰箱，一邊叫那兩個站著瞪視自己的人坐下。這個破爛的小公寓塞了三個人之後，顯得更加侷促。像是要把心中一直想講的話一股腦倒出來似的，泉美突然開口了。

「妳以為父母會允許那種工作嗎？彩乃，這種事妳應該知道吧！」

沙也加只是默默地盯著地板。就算俯看著地上，這個姊姊還是一樣美麗。這個寒酸的房子，和這兩個出身良好的人顯得格格不入。

「接下來妳打算怎麼辦？就這樣糟蹋自己的人生嗎！」

「……沒那麼誇張。」

沒辦法把青蔥放進蔬果保鮮室，彩乃索性折彎它們，粗暴地塞進冰箱裡。沾到討厭的味道了。她用冷水把手上沾到的青蔥汁液洗乾淨。

彩乃一句話也不說。頂著這個家特有的、像是附有純正血統證書容貌的泉美說：「要是被什麼人騙了的話，好好跟媽媽說，我們會幫妳的！」

她雙手掩面，像小孩一樣開始哇哇哭了起來。沙也加撫著像蝦子一樣蜷縮著身體的泉美的背部，說：「冷靜一點，媽，好好聽彩乃說。妳要是這麼激動的話，本來想講的話也說不出來了。」泉美歇斯底里的高亢聲音，和沙也加帶著「為什麼會變成這樣」疑問的輕蔑眼神，這種像是被剉刀削刮的痛楚，襲上彩乃的身體。

「……總之，先喝茶好嗎？」

衣架掛在隨意釘在牆上的釘子上，她拿起衣架，把上衣披上去掛好，泉美睜大眼睛，猛然抬起頭來。

「現在立刻把工作辭掉、現在馬上！妳生活上應該沒什麼問題吧？學校呢？妳打算怎麼辦？」

泉美一邊大叫，一邊迅速站起來舉起右手。

啊，要被打了。彩乃這麼想的同時，已經聽到巴掌摔在自己臉上的鈍重聲音，臉頰猛然熱了起來。她把手輕輕按在熱源上。

「那個，要打我是沒關係，不過，這張臉好歹也是我賣錢的工具。」

泉美氣得發抖。

「不知道從什麼時候開始我就完全不懂妳了。不會笑、總是目中無人。一點也不像小孩子，總是拿著道理跟人辯論到底。看起來一點感情都沒有！」

原本一直保持沉默的沙也加，藉著泉美的怒氣順勢加了一句：「是啊，彩乃，醒醒吧。」

「我一點也不知道妳想幹什麼，該不會是為了做那種事才來東京的吧？」

沙也加雙手扠腰，用充滿正義感的自豪表情說著。她不說話的時候，看起來還算沉穩端整，但現在，缺乏知性的那張臉，正滑稽地扭曲著。

突然好想狠狠地揍那張臉，真的很想。

泉美像猛然溢出的沸騰熱水一樣，大聲叫著：

「拜託不要讓我們亂成這樣！拜託妳好嗎？」

好久不見的泉美，跟幾年前比起來，果然還是憔悴了許多。

彩乃想著，從什麼時候開始，強者跟弱者的角色互相對調了呢？從小時候起，媽媽一直都很強勢固執，總是過度虛張聲勢，彩乃並不喜歡這一點，但對她來說，對方畢竟是重要的血親。

有著橘色三角屋頂的獨棟人家。飽含濕氣的風從海面輕輕吹來，四散飛舞的雪花，像氣絕似地靜靜沉落。在霧濛濛的風景裡，可以看見遠方的小舟在浪花之間飄搖，朦朧的月亮發著光，像被孤獨留在天空似的。這種幻想般的光景已經像美術館裡展示的圖畫一樣了。不管是開心的時刻也好，悲傷到希望自己融化在黑暗的時刻也好，對於每天眺望的我來說，這都是日常的風景。

是十八年來，養育彩乃的地方。

——可是，都不想要了，於是丟下一切。

對任何事情都非常嚴厲的父親，把靈魂裝在美麗軀殼裡的母親、姊姊、哥哥，還有我五個人。自己在家族的照顧之下成長。可是，總感覺到像有異物混入的違和感，是因為自己的長相跟他們相差太多嗎？還是因為個性合不來？彩乃不知道，不過，這種感覺一直揮之不去，總覺得自己像被丟下一樣，彩乃覺得很寂寞。

——這種事根本沒辦法得到諒解，從一開始不就知道了嗎？

她背對兩人，轉身打開櫃子。

她從裡面拖出之前為了出外景而購買，能夠裝一個禮拜替換服裝的大型行李箱，然後開始胡亂地把行李塞進去。

「反正妳也沒有其他地方可以去吧。」

回頭一看，沙也加站了起來，微微勾起脣角。水潤的大眼睛俯看著自己，像是在追逼一個悲哀的東西。我一點也不想變成妳那樣，彩乃差一點就脫口而出。但是，沒有痛苦到非要那麼說不可。就算把靈魂塞進美麗的容器裡，也不代表一定會幸福。

話雖如此，看起來順眼還是比較好的。

——這件事，讓自己有多煩惱啊。

彩乃啪咚一聲，用力闔上行李箱，沙也加嚇了一跳。長長的黑色直髮，瀏海剪到齊眉，雖然是冬天，仍舊仔細地擦了防晒乳的肌膚十分白皙。

如果這個家、還有這兩個人都不在的話就好了。

「彩乃、不要這樣離開……」

我們不會再來了。泉美腫著一對眼睛，像是要挽留她似地伸出手。沒關係，我什麼都不要了。彩乃用力拍掉她的手，不想讓自己更加難堪，她把鑰匙丟在玄關地板上，走出這個家。再見。眼淚啪搭啪搭地掉了下來。

外面還算明亮。抬頭一看，雲朵融在天空裡，像是隨興把藍色、白色、灰色的顏料混在一起似的大理石圖案在天空拓展開來。

6

碎石路上坡處停了一輛廂型車。

像宮崎駿動畫裡會出現的，即使老舊，看起來也仍舊像一幅畫似地，氣派的獨棟攝影棚。不知道是不是有人飼養，幾隻黑貓頻繁地在眼前穿梭，像是要跟吵雜的客人說些什麼似地，一直盯著這邊，不時呼嚕呼嚕地叫著。工作人員開始把攝影機、機材、化妝用品搬進去。大家都一副熟門熟路的模樣，迅速地把各自的行李搬進去，準備著攝影工作的前置作業。

卡車傾斜地停在路上，看起來像是有東西在後面扯著，是因為高台地形的關係吧。

北邊看得到森林，眼前是一望無際的水平面，這裡是最棒的外景拍攝點。

「聽說下午會開始下雨，所以我們先拍戶外場景吧。」

就像攝影師說的，根據天氣預報的圖示，下午有降雨的圖案，機率是百分之七十。

令人不愉快的厚重雲層，似乎再過幾個小時就會籠罩這一帶。

彩乃化好妝，在這個可以用三百六十度環視伊豆的陽臺上，坐在白色長椅和鞦韆上，露出百無聊賴的笑容，這時，相機對準了自己。是年輕族群雜誌裡的蝴蝶頁照片。攝影師按下快門的時候，剛才所思考的重大煩惱通通消失了。哈哈、她笑著。被攝影師誇獎說：「很棒。」哈哈、哈哈哈……笑聲乾澀，在空中喀啦喀啦地散開。

當他們訂的披薩送到時，雨剛好開始下了起來。

大家移師到室內進行拍攝，傍晚時再次搭上廂型車。

在前面的位子上，石村像是融進椅子似地靜靜睡著。有時會聽到他發出小動物似的鼾息，所以不會有錯。因為工作很忙，石村每天都很晚回家。幾年前入籍的太太，連他去出需要過一夜的外景工作時，都懷疑他在搞外遇。石村的日子每天都不好過，後來他們分房睡，而現在，兩人真的已經分住兩地。

彩乃想起前陣子的對話。

「沒想到你竟然跟那麼愛束縛另一半的人結婚。」

「這個工作到底有多辛苦，好像沒有辦法讓我太太瞭解。就算用言語說最低。

明，即使都是理所當然的事，她還是不能瞭解。」

跟其他製作公司或成人影片以外的業界之間的「外交」，可以拓展新的工作。跟服飾業圈的社長或金融公司的重要幹部關係良好的石村，為了不讓自己變成井底之蛙，常常充實自己的知識或常識，野心滿滿地想要活用自己在製作方面的經營。酒量很差的他，「外交」到很晚、搖搖晃晃地回家時，據說還曾經很悲慘地被罰跪在玄關。

「我明明就拜託她先睡，也不用留飯菜給我，可是為了確認我早上回家時，身上有沒有女人的味道，她總是一直監視我的行動。我根本沒時間外遇好不好。」

兩人之所以真正地分居，是因為那次去巴黎拍寫真集的事。

攝影工作比預定時間還早結束，最後一天完全空了出來，石村跟攝影師、當地統籌人員、女星等人，一起去享受海水浴、玩水上活動，那時在沙灘上的照片，似乎踩到太太的地雷。

「她說，什麼?·這不就只是在玩而已嗎?·就這樣把正在睡覺的我挖起來，把手機畫面塞到我面前。」

大概是想起那時候的地獄畫面，石村搓搓自己起雞皮疙瘩的手。

「要是去巴黎還穿著黑西裝、像門神一樣杵在那裡，那才奇怪好嗎。」

認真到讓人想加個「超」字，身段柔軟，對工作也非常忠誠的石川，常常露出相當疲倦的表情，讓周圍的人十分擔心。會發出優雅鼾息的人，竟然為了無中生有的事情遭到懷疑，讓人稍稍感到同情。就這一點而言，彩乃是自由的。雖然有形同斷絕關係的家人，不過她沒有自己的家庭。像結婚這種幸福人生一大重要事項，她覺得很麻煩。就一個女性而言，對形式雖然懷著無限憧憬，雖然很想穿上婚紗、換好幾套禮服，但要找到一個能理解自己的工作、一起過著愉快生活的異性，只有微乎其微的機率，也就是所謂的奇蹟。

——真的有嗎？那種稀有的人類。

車子開上東名高速公路，在搖搖晃晃的廂型車裡，工作人員們像是倒下來似地紛紛睡著。彩乃打開簡訊。

（日比野先生，今晚要去酒吧嗎？）

寫完簡訊後，猶豫了好幾分鐘，想著要不要按送出，後來還是按下按鍵，在車子舒服的搖晃中睡著。當車子停在跟早上一樣的集合地點，澀谷東急大樓前，對方回覆道：「今天九點左右結束，然後就過去。」

星期三晚上。

客人比平常少。這家店白天以咖啡館的形式營業，下午四點清場，晚上七點氣氛一變，以酒吧的型態重新營業。配合這樣的模式，菜單從午餐到晚餐都不一樣。在午餐的菜單裡，有一道甜點叫 Chocolate Egg，蛋型的巧克力淋上溫熱的果漿，把巧克力敲碎後享用，是這家店的有名甜點。些許酸味有提味作用，不過也有紮實的香甜滋味，就是把女孩們喜歡的味道緊緊濃縮在一起，像晶亮寶石一樣的圓形巧克力。以前也曾經接受白天時段綜藝節目的採訪，很不像這家低調營業的店會做的事，彩乃為此感到意外。「有時候也會想遇到尖叫吵鬧的客人啊。」酒保笑著說明。

彩乃點了熟肉抹醬和蒜炒毛豆。很晚才到的日比野大概是餓了，一進來就火速點了水煮雞肉薄片和紅酒。

「對了，彩乃小姐，妳知道『第幾次人生』的典故嗎？」

像是把一直珍藏在口袋裡的東西掏出來似地，日比野用興奮的聲音說著。

「第幾次、人生？那是什麼？」

雖然沒有任何雜音干擾兩人的談話，但彩乃還是把耳朵湊了過去。「這是我之前聽到的，覺得很有趣。」日比野繼續說道。

「我們活著的時候，不是會遇到各式各樣的人嗎？例如說，會遇到沒有常識、很不成熟的人，完全無法替別人著想、只會用沒有禮貌的態度跟別人互動。」

一邊拿雞肉薄片當下酒菜，彩乃點點頭，嗯，真的有耶。

「相反的，有些人非常大器，讓人崇拜到覺得：為什麼會培養出這麼棒的人格呢？不管做什麼事都很幹練，能迅速察覺周遭的氛圍，一點也不枯燥乏味，能夠馬上判斷這麼做對方會開心，有些人就是擁有這樣的能力。」

「……就是能靈活遊走世間的感覺？」

「嗯，也有這樣的意思。」

不管對誰都很親切，一臉無害地跟別人相處，彩乃身邊也有這種人。在社會性的小組織裡，一定有人能發揮這種才能。對於笨拙的彩乃來說，她很羨慕這種人。像這種人，就算不是人人都喜歡，但他們的敵人一定不會太多。

「我覺得，就算做出讓人不愉快的事或犯下大罪的人，就某種程度而言，也都是同樣地活在這個世界上。雖然可能有家庭環境或人際關係的不同，但隨口聊聊的時候，『啊、是啊。』有很多能夠產生共鳴的地方。可是，每個人還是有相異之處，倒也可以用『個性』這個詞彙來解釋。但話說回來，人格的差異有這麼絕對嗎？實在是個謎啊，有時候也會抱著這樣的疑問，所以——」

日比野繼續說下去，彩乃的眼睛越來越亮。

「像這種情形，會因為在人世間歷練的次數而改變。」

「在人世間歷練嗎……好奇怪的說法。」

「是啊，總之，我們的前世可能是人類以外的東西，例如說，是沒有感情的葉子或蟲，也有可能是無機物質，或者是貓咪。靈魂的容器各有不同。第一次在人世間當人類的，叫做第一次人生。前世或更之前，曾經在人世間歷練輪迴過的，是第N次人生。」

「第一次人生跟第N次人生有什麼不一樣？」

「這很重要。在人世間有豐富經驗的人，比起從來沒有經驗過的人，能夠毫無障礙地把事情做好。學東西也一樣。會下意識記得以前學過的東西，身體自然會動起來，『大概就是這種感覺吧』，靠著這種感覺就能實踐。不過，成為大人之後才開始做的事情，通常沒辦法內化。這種差別，對人類這個容器也會產生影響……怎麼樣，很有趣吧？」

日比野像乾燥荒蕪的葉脈一樣的嘴唇，染上了紅酒的顏色。

「嗯，很有趣，可是，這是從誰那裡聽來的？」

「是我同事說的。對方知道我一直為上司的問題而煩惱，於是告訴我說，上司在工作方面或許真的是很厲害的人，但因為是第一次來人間，所以有諸多的不滿，這也是沒辦法的。」

所謂的上司，就是之前閒聊時候說到的女主編吧。

「日比野先生有點怪怪的。」

「要是這麼說的話，彩乃小姐自己不也一樣嗎？」

咦、什麼地方奇怪？彩乃問道，直直盯著日比野的臉。日比野默默地用手指敲著玻璃杯，咚咚咚。

咚咚、咚。

因為震動的緣故，冰塊發出喀啦聲響。

仔細回想起來，跟日比野之間，從來沒有碰觸到彩乃避而不願談的話題。我做什麼工作，這個人難道一點也不好奇嗎？這一點雖然覺得不可思議，對方沒問的話，就這樣順理成章地下去吧，然而心情並不會因此而感到輕鬆，對彩乃來說，這是最複雜的地方。

……假如。把彩乃表面的皮相剝掉，露出AV女星的一面，當日比野知道了這一切，自己還能愉快地享受他的親切嗎？

「這麼說起來，或許我是在過第一次的人生吧。」

彩乃小聲地喃喃說著，這些話似乎沒有傳進日比野耳中，他一臉悠哉地歪著頭反問：「嗯？妳說什麼？」彩乃很乾脆地回答「不，沒什麼」。再次開口時，日比野又天南地北地聊起胡扯的開朗話題。像是正在沉迷新開播的深夜電視節目、朋友為了購買遊戲APP，花了一大筆足以購買進口車的錢。彩乃也說到最近一些無所謂的閒事，還有自己買的整套國外偶像劇DVD。

「差不多該回去了。」

明天仍然要上班，彩乃不再像之前那樣引誘日比野。她雖然沒有身為一般社會人的經驗，但也知道每天同一時刻打卡上班、很晚才回家，反覆過著這種生活的上班族也是很辛苦的，至少她還懂得體諒他們。

日比野伸出粉紅色的舌頭，慢慢舔了一下乾燥的嘴唇——這樣看起來實在太寂寞了，彩乃低下頭來。

「有空要保持聯絡。老實說，收到妳的簡訊，我很開心。」

在街燈下，他們互相道別：「那麼，掰掰。」日比野背對著自己，無力地揮揮手，搖搖晃晃地走著，而彩乃一直目送著他的背影——

7

尖銳的聲音像是要穿透冰層縫隙似地傳來——彩乃、回來。彩乃的身體輕飄飄地浮了起來，在空中飄盪。不知道那個聲音的主人在哪裡。彩乃環顧四周——彩乃！回過神來，發現自己好像被孤伶伶地丟在一片雪白的冰原上。白色，白。抬頭一看，天空也變得一片蒼白。

這個空間到底是什麼結構呢？彩乃也不太能掌握。

還有，冰也太多了吧。

好像從故鄉釧路一直延伸到東邊一樣。

——彩乃，妳被騙了。

是泉美的聲音。這時，白色冰原深處響起了不吉祥的轟隆聲響。

——彩乃，回來。

彩乃跑了起來。可是，該跑去哪裡才好？分不清楚左右。這裡只有一片雪白，連哪裡是陸地都分不清楚——這邊、彩乃。媽媽的聲音拖得長長的，像是偶爾經過的救護車發出的鳴笛，越來越沉重，低低地迴響，然後再次往這邊而來。雙腳發抖，動彈不得。

雙腳像是被什麼拉扯似地，彩乃倒了下來。咚咚咚，冰壁逼近眼前。她害怕地閉上眼睛。

——不要、再這樣了。

正當她這麼叫的時候。

她大大吸了一口氣睜開眼睛。枕邊留有薄薄的汗漬。摸起來像冰一樣，猛然感到一股寒意。

泉美和沙也加來找自己的那一天起，一個禮拜以來，雖然後悔當時風風火火地衝出家裡，不過彩乃還是暫時住在商務旅館。要是她們還在自己家裡怎麼辦……

一邊這麼想著，一邊來到久違的破爛公寓。打開門一看，電燈是關著的，一如往常地煞風景，等著這個家的主人回來。夜光透過窗簾照進房裡，清楚映出窗戶上的水垢。圓桌上放著一封信……寫些什麼呢。彩乃心中感到惶恐。把信拿到眼前。「彩乃，不管怎麼樣，要注意身體，要是難過的話，隨時可以回來。」喜歡練字的泉美所寫的優美文字。

——怎麼、可能回去。

撥開黏在額前的瀏海，直直凝視掛鐘上的數字。丑時。最陰森的、奇妙時間。心臟還在用紊亂的節奏怦怦跳動，手腳冒著討厭的汗水。知道自己不可最低。

能再睡著，彩乃調著燈光的光暈，瞇著眼睛滑開手機的鎖定畫面。

日比野傳來簡訊。

——對了。

想起某件事的彩乃爬了起來。從長夾抽出之前在酒吧聊天時拿到的日比野名片——靈異雜誌編輯部，日比野至。在喝醉的興頭上，電話號碼下面甚至還寫了住址。

「那種事，應該是可以說的吧。」

因為我已經把住址告訴你了啊，彩乃鼓著臉頰耍賴，日比野從胸前的口袋掏出原子筆——他露出了看起來刺癢癢的表情，彩乃覺得很不可思議——用跟電子郵件一樣大小的文字寫下住址，甚至連郵遞區號都寫了。

的確離這棟老舊的廉價建築很近。

彩乃盯著手機地圖上用綠色大頭針標註出來的、兩人之間的指標。「應該、馬上能到吧。」日比野輕鬆的話語在腦中再次復甦。

戴上高度數的隱形眼鏡，輕輕用手抓梳了一下頭髮。就這樣穿著睡衣，披上隨手抓到的上衣，彩乃一身邋遢地衝進月光照耀下的夜晚街道。

夜風帶著秋天的味道，冷冷地吹過。一陣風咻地灌進脖子時，身體頓時震了一下。要快一點、快一點到他住的地方——彩乃的腳步越跨越大。到處是洞的 crocs 膠鞋，看得到穿著襪子的腳。在幾乎沒有坡度的步道上，彩乃拚命地直直走著。

走了好一會兒，看到目的地那棟高挑的大廈。

——是十五樓高的建築？

為了確認要在大門口輸入的住戶號碼，彩乃再看了一次名片。在最右邊，像是勉勉強強剛好塞進去似地，寫著一〇〇三號室。叮咚——呆板的門鈴聲，在安靜的門口響了起來。

——日比野先生，快出來。

果然還是給對方添麻煩了。雖然知道這一點，但衝動跑出家門的自己，已經沒有回頭的餘地。彩乃再次按下四位數字。

做了冰原的夢。日比野傳來簡訊。光是這樣，就有充足的理由見面。彩乃在心裡整理思緒，沒空管自己的儀容打扮。

過了好一會兒，聽起來睏倦的聲音透過對講機傳了出來。大概是透過監視器看到來訪者的臉，伴隨著「怎麼了……？」這句話，門也同時打開了。彩乃一句話也沒說，就這樣搭著電梯朝大廈高樓層前進。

在一〇〇三號室前，厚重的門嘎吱地開了一道小縫。看得到亂蓬蓬的頭髮。「啊、抱歉，妳等一下……」門再次關上。室內傳出喀鏘喀鏘取下門鍊的聲音，然後看到日比野昏昏沉沉的臉。也難怪，時間已經接近早晨。一大早開始送報紙的人，他們所騎的腳踏車在樓下發出嘰——的悲傷聲響。

自己明明是突然跑來了，但日比野卻一點也沒有驚訝的樣子。沒有一開口就趕人，而是很快地招呼自己進來——這麼說起來，石村也一樣。突然說「我現在要去石村先生家拜訪。」硬是闖進人家家裡，會給人帶來多少麻煩啊。不再看著洋平、聽洋平滔滔不絕說教的自己此刻在這個地方——玄關的架子上擺著許多可愛的貓咪擺飾。像是「不聽不說不看的三隻猴子」一樣，姿態好像各有涵意……原來他喜歡貓啊。

微不足道的發現，卻讓彩乃像啵啵冒泡的汽水一樣，感覺到微微的悸動。

「是走來的嗎？」

從玄關延續過去的走廊盡頭就是客廳。

「嗯。」

「這樣啊。」

在寬大的雙人沙發上，日比野像沒有骨頭似地陷了進去。他穿著條紋圖案的五分袖T恤，和摸起來很舒服的低腰棉褲。

彩乃在他旁邊坐了下來，臀部感覺到一股溫暖、像是帶著濕氣的溫度。或許他剛剛都一直睡在這裡吧。彩乃突然想起回家之後，一定會像疲倦海獅一樣睡死在客廳沙發上的爸爸。髒死了，快點去洗澡啦。她想起了被正值妙齡的女兒們嚴正斥喝，一邊捶著腰，步履蹣跚地消失在浴室的那個寂寞背影。現在的日比野，應該很能體會累到倒頭就睡的彩乃爸爸的心情吧。

有好一會兒，兩人就這樣靜靜地任時間流過。只有這個地方，像是漂在安靜夜晚海面的一艘小船。

夜光照出彩乃邋遢的模樣，所有的一切都暴露出來。日比野仍舊閉著眼睛。「醒了嗎？」彩乃問道。「沒問題，我醒了。」所以妳放心吧，溫柔的口氣，像是在安撫彩乃。

「只是腦袋還有點沉沉的。」

日比野稍稍抖了一下，微微打了呵欠，停了一下，如此說道。

「日比野先生看過我的ＤＶＤ嗎？」

「……這個嘛。」

聽得見秋風咻地吹過的聲音。跟廉價的公寓不一樣，建築氣派的大廈絲毫不為所動，風只像是惡作劇似地撫過玻璃表面而已。

彩乃也學日比野閉上眼睛。

衝出家門前看到的景象再次復甦。冰冷刺骨的銀白色世界，彷彿要把人吞噬似地、張牙舞爪的模樣暫時定格在那裡。可是，好像只要輕輕一戳，一切就會猛然化成飛沫、崩毀殆盡。

——彩乃！

……啊啊，又響起那個聲音。

彩乃緊緊抓住日比野的衣角。

「怎麼了？」

總有一天，我會被那面蒼白的巨大雪壁壓碎吧。彩乃、很害怕。我什麼都不要了。像是拍掉泉美的手一樣，想把降臨在未來、漠然不確定的迷霧也都拍掉。

「嗯嗯，沒什麼。」

說著，彩乃朝日比野靠了過去。

2章　桃子

1

穿越銀白色海面的船頂到厚厚的冰層，鈍重的衝擊震盪了整艘船。

船身像彈跳似地搖晃。從北海道網走出港已經一個鐘頭。接二連三、充滿活力的碰撞，讓船內響起巨大的歡呼聲，像是挑著小型神轎似的熱鬧歡騰。冰。冰。在一整片冰的上面。

我從那裡緩緩回頭望著船尾。

如果從展望甲板看出去，可以清楚看到道內的群山。流冰碎開，從船尾分開的兩道白色波浪展延開來，波浪之間可以看見黑色的海面……頓時毛骨悚然。總覺得，反射著從天空照下來的陽光、染上一片銀白的海面，好像有可怕的怪物藏身其中，朝這邊窺探。某種奇妙的觸角會從白色的狹縫中飛竄出來，就這樣把我拖下去，拖到冰冷的黑暗中，彷彿在說：來、來吧。釀成憂鬱情緒的寒氣，像是沿著腳底攀爬上來似地傳了過來。

從網走出港的流冰觀光破冰船「歐羅拉號」，在這個欣賞流冰的旺季，全船客滿。

「……啊。」

眼前的黑點正在蠢動。一開始以為是海面碎裂的冰塊光影，可是，那個黑點的面積逐漸擴大，變成橢圓型，然後緩緩掀動黑色羽翼飛起，變成一隻大鷲，影子落在海面上。

好漂亮啊。

像是代替我說出心聲般，從身後傳來女性的感嘆，也被引擎聲掩蓋掉了。

在我們前進的方向，像雲母一樣呈現片狀的冰或隆起的冰塊紛紛浮起，那些冰塊變成海面上的痂皮，看起來就像在守護這片海洋一樣。其他的觀光流冰船也剛好通過了這一帶吧，好幾道並行的冰轍說明了這個情形。船隻還一度後退，稍稍助走。如果不這樣的話，就沒辦法越過聳立的巨大白色冰塊繼續前進。來，走吧。沉重的船頭駛到冰塊上方時，發出喀哩喀哩的豪爽聲響。那種魄力，感覺起來像是有一隻巨大的手要從冰塊下方一口氣把船身舉起來。

——不管去哪裡都好。

失去工作後，過了一小段時間，我突然很想去日本某個地方旅行。盡可能地、到遠方去。在猶豫著要去最南邊還是最北邊，後來還是覺得選擇北海道是正確的。看到隨手轉到的電視新聞——就像往南而下來到這個地方的冰層一樣——我也是漂流似地來到這裡。吹過來的風讓體感溫度變得更低。寒冷讓耳朵感到一陣撕裂般的痛楚。我把腦袋埋在去年買的 Timberland 棕色大衣裡。好溫暖。彷彿連地平面都結結實實埋在冰裡的銀白色海面，這種壓倒性的美讓人難以想像自己是在日本。充滿活力的觀光流冰船一點也不害怕冰雪怪物，直直穿過鄂霍次克海。海面上的流冰，像是鋪天蓋地似地，牢牢地烙在腦中。

這是兩個禮拜前的事。

「怎麼樣？石村也是個男人吧，難道不想發射一次能傳頌後世的勁爆煙火嗎？」

我三十歲，這個時期，應該正是男人活力最旺盛，工作也開始往前衝刺的時候，然而，對福渡先生來說，我看起來想必是個沒有霸氣的青年吧。跟咻咻颳過日本最北端的北風一樣，我心裡也同樣冰冷。

而且是這麼詭異的對話。與其說是勁爆的煙火，不如說有著接近炸彈的威力。

當時的我實在很想這麼說。

「來開製作公司吧！而且是拍AV的！怎麼樣？很勁爆吧。」

「啊……就算想開，但像我這種門外漢行嗎？」

我把臉湊近福渡先生，單手拿著的杯子斜晃了一下。我迅速回到原來的姿勢，沒讓酒灑出來。這裡是位於薄野的老舊居酒屋，正當我一個人百無聊賴地沉溺在酒精裡的時候，用古怪語氣向我搭訕的就是福渡先生。好看的鬍鬚密密地長滿臉頰，因此，腦袋看起來更加閃閃發光，光滑到好像會發出滋嚕滋嚕的聲音。

「沒關係沒關係，我會從頭開始仔細教你的。再說，我這邊有很重要的人脈。要做一件新的事情，就得從零開始，這一點每個人都一樣。從這一點來思考，對你不是很有利嗎？我看過太多失敗者跟成功者了，所以一眼就被你的誠實所吸引。怎麼樣，對自己有信心一點吧？」

哇哈哈，在豪爽大笑的福渡先生面前，我也豪爽地喝著酒，一陣灼熱襲來，胸口像要燒起來似的。我跟福渡先生點了同樣的酒，是威士忌。像要灼燒喉嚨似的芳香從胃部內側飄了過來。眼睛被淚水浸濕。不過，偶爾這樣也不錯，向失業者乾杯。

「如果是很棒的人，只要見面三秒鐘就知道了。這是真的喔，石村，你有優秀的才能跟知識，而且也有開拓新事業的胸懷。喂喂，不要用那種眼神看我。我的直覺就是這麼說的，停不下來，就像神諭一樣……嗯，從你那副眼鏡就很清楚你的腦袋一定很好。」

對方伸出食指，戳了一下我的雙眼之間。

黑框眼鏡被人惡作劇似地戳弄，視線頓時歪斜。福渡先生的鼻子、眼睛、嘴巴突然糊成一片，變成淡黑色的能劇面具。我從小視力就很差，鏡框上總是架著厚厚的鏡片，厚重到會改變眼睛的大小。我覺得這是爸媽的遺傳。所以，不能武斷地把「會念書」跟「戴著這副眼鏡」劃上等號。話說回來，自己也沒有勇氣嘗試最近流行的隱形眼鏡。把薄膜般的異物放進眼睛裡，不管再怎麼方便，對我來說都很恐怖，是令人不敢置信的行為。而每次去眼科時，都會深切地感受到自己視力又變差了，所以也覺得很討厭。

——這個時代，看起來模模糊糊的世界反而比較好，不是嗎？

我把滑到鼻梁低處的眼鏡重新戴好，福渡先生紅著一張臉，高高舉起杯子說：「小姐，再來一杯！」然後滿足地重新轉過頭來看著我。「哎呀，真是太高興了。」福渡先生一邊喃喃說著，一邊把毛巾四四方方地折好，然後靈巧地放在頭上。

……不覺得熱嗎？

光看頭部以上的話，看起來就像舒服地泡在溫泉裡面似的。福渡先生就這樣把玻璃杯重重放在桌上。

然後開口說：

「我們就在這裡攜手一起努力吧。」

他大叫著。

的確，之前一直在東京工作的我，已經回不去了。

老實說，不是演藝公司，而是ＡＶ製作公司，自己的確在猶豫。四周並沒有在相同領域工作的熟人，當然我也沒有經驗……不，正確說來，我曾經做過類似的工作。話雖如此，說起來——也是十年前的事了吧。學生時代，朋友介紹我去當酒店少爺，是薪水很不錯的打工。不過，當時的我，距離現在的我已經很遙遠了。那個時候，年輕時特有的、閃閃發光的熱度，如今已經蕩然無存。

再說，那只是打工而已。瞞著學校偷偷工作的門路，對於福渡先生提議的事情，連一點幫得上忙的戰力都沒有。

「AV的確是個嶄新的切入點。」

我試著附和他，福渡先生很滿意地點頭，沒錯沒錯。我舉起一隻手，跟著他續點了一杯酒，「再來一杯。」

反過來想，沒有人涉足的事業，的確很值得拚拚看。男人們總是頻繁地去錄影帶出租店，對於黑色簾子後面的世界充滿興趣。無碼的錄影帶，會像都市傳說一樣傳遍整個學校，迅速到手之後，回家第一件事就是把它塞進放映機裡，我想起了那個性欲的高峰期。每個人都有性需求。使用者的年齡層或許比較偏，但這個世界上的男性毫無疑問都有需要，這一點我也知道。這個世界上，沒有什麼工作是不被人們需要的。

直直看著我的眼睛的福渡先生，像是看穿我心中的糾葛似地重重點頭。

「我覺得對彼此來說都是很好的提議，你覺得怎麼樣？石村。」

——好像抓到救命稻草一樣。

跟偶然相遇的陌生人談論創業的話題，而且還爽快地點頭，這是很奇怪的事情，不過，我很想把它說成是命中注定的邂逅，福渡先生有某種特質，讓人覺得如果是他的話，跟著他走也可以。或許多少因為酒精的關係，沒辦法做出冷靜判斷，但福渡先生全身充滿不知從何而來的自信，這種模樣和活力似乎在宣示：這是我本來就有的男子氣概。再說他的名字實在也很惹人注意。

「寫成福氣渡來的、福渡。光看就覺得很吉利吧？出生之後，呃、人生總是有大半討厭的事情，會被人背叛、會捲入奇怪的麻煩事，能像這樣開開心心活著多好。這個是我的理論，取名是很重要的。不是有些名字怪到讓人念不出來嗎？不標上平假名就念不出來的名字，不是會讓大家很掃興嗎？這樣就可以看出取名的父母的素質。那種事是最要不得的。」

福渡先生滔滔不絕地說著他的論點，我們繼續喝著酒。

我實在不太能喝，好一會兒之後，我已經像液體一樣融化在桌上。

大學畢業之後，我立刻進入以關東為業務範圍的中型證券公司。為了不讓和外國人交涉時不可或缺的英語能力退步，每天早上都聽著其實一點也不想聽的外國音樂，每天在上班時間前就提前先進公司，絕不讓業績遇到障礙，就這樣認真地工作。當一個「認真的石村」，就這樣在固定的公司上班，走在一帆風順的人生道路上，但某種違和感一直揮之不去。

這時，大環境的情況變差。公司因為三兆日圓的負債而倒閉。由於泡沫經濟的崩潰而導致不良債權的增加，這是最大的原因。正當我被忙碌的巨大波濤完全吞噬，在水中拚命想要吸一口氣的時候，工作突然沒有了。就好像游泳游到一半，水突然通通被放乾一樣，感覺很奇怪。這樣好嗎？石村。幸好我沒有家庭，這是唯一值得慶幸的地方。

結完帳，走出居酒屋，像東京歌舞伎町一樣的霓虹燈光毫不留情地闖進視線裡。我們走進風化區一帶，福渡先生向我介紹華美而刺激的角落。

喝醉的腳步搖搖晃晃，我心裡還是充滿疑惑，福渡先生勾著我的肩膀，撐住我的身體，我看著他的側臉問：

「現在要去嗎？」

「沒錯，擇日不如撞日。今天我們的相遇不就是達司達泥嗎？要快一點，快點準備。」

福渡先生嘴裡噴出酒臭，讓我覺得更不舒服。不是達司達泥，是destiny，很想指責他的破爛發音，不過還是把話跟帶著酒精味道的唾液一起吞了下去，打消這個念頭。

我煩惱著，後來還是開了口：

「我、沒有去過風化場所。」

「……騙人的吧？」

福渡先生回問道，擺出一副想要痛罵我不是人的表情。酒醉的我，氣勢也跟著萎靡。三十歲，單身男性，性欲並不比別人弱，跟朋友喝酒時，也常常被約去那種店。為什麼我從來不去呢，違背道德的強烈感覺是一種煞車機制，讓我保持自律。為了做愛或輔助自慰行為，而支付金錢，對我來說，那跟購買AV影片完全是兩回事。光是想到那種行為，鼓鼓的氣球好像就會發出咻咻的悲傷聲音消了下去。

「那是石村先生自己的想法，真難想像你是個男人。這可是充滿希望、夢想跟欲望，最棒的美容沙龍。不只是身體而已，連心靈都可以被療癒。我可是這裡二十年的老客人。」

視線另一端看到「閃亮百萬」的看板，白色的燈光明滅閃爍，像是在說：「就是這裡喲。」迎接我們的到來。福渡先生咧嘴一笑，用低級的語氣附在我耳邊低聲說道：

「龍宮城到了。」

情事結束、明明應該神清氣爽，卻用回到現實世界後突然變老的龍宮城來做例子，不是很矛盾嗎？酒醉稍稍退去，現在正是最愉快的時候。總是暢所欲言的石村浩樹，不會做出無可挽回的意外暴行。目前還算是可以保有理智的狀況。

跟裝飾得閃閃發光的看板不一樣，店裡的燈光相當昏暗，薄野男性冰冷的身體好像要為之柔柔地融化。那些香氣大概是在這裡工作的女性們身上的味道吧，甜美的氣味竄進鼻孔裡，讓人變得莫名亢奮。

「這裡不接生客，跟料亭老店一樣。」

我都不知道啊，原來如此。我用呆愣的聲音，像是很讚嘆似地喃喃說著。

從豪華的裝潢跟裝飾在店裡的小姐照片看起來，總覺得水準好像真的比其他店還要高。我對著公然宣稱自己是風化場所常客的福渡先生說：「好厲害的店。」他很驕傲似地回答：「沒錯吧？」

他湊近我耳邊壓低聲音，但又像是難以抑制想要誇耀的心情，開口說道：

「還有，這裡女孩的水準比飛田新地那邊的還要高。」

說著，少爺們領著我們走過鋪著酒紅色地毯的細長走廊。

飛田新地——那是大阪有名的夜生活地區。連沒去過風化場所的我都知道，所以應該是夜生活重鎮吧。從大正時代就有，標榜自由戀愛的形式，在二樓也可以帶上床。我聽說有人從那裡出來當AV女星。在那裡工作的女孩，容貌水準很高，連在那裡找工作都相當競爭，當我知道這個情況時，認為那裡應該就等於演藝界。福渡先生竟然連大阪的夜生活區也去過，他到底在日本各地走過幾輪啊？

「要是有想挖的女孩，那裡是個機會，是唯一一個能把素質優秀的女孩勸進AV界的地方。」

我一臉訝異，盯著福渡先生的臉。

「這樣可以嗎？」

「特種營業場所的小姐跟AV女星是不同行業，所以沒有問題。在北海道，如果要在同一個業界挖角，常常會發生衝突，事情比較麻煩。所以要以能帶回東京為前提，精挑細選。跟長得像模特兒的漂亮女孩比起來，會撒嬌、胸部有點料，差不多還算可愛的女孩反而比較好。態度傲得要死、會擅自跑掉的那種問題人物絕對不要碰。可以嗎？石村，這是很重要的生意。」

我不覺得自己的眼光有那麼精準，聽到福渡先生說著「這是很重要的生意」，我底氣不足地應了一聲：「是……」

不一會兒，福渡先生指定的女性過來了。

「福渡先生！好久不見了。」

我側眼看著鼻孔興奮張大的福渡先生，心裡冒出了：「啊啊，我果然還是不適合這種地方。」的念頭。更令我驚訝的是，挽著福渡先生手臂的女性……是個長得像模特兒一樣的漂亮女孩啊。

露出色瞇瞇表情的福渡先生，就這樣丟下我，消失在酒店深處。什麼重要的生意。我看著純粹以常客身分來享樂的福渡先生離開，嘆了口氣，望著店裡的跑馬燈。

2

「怎麼樣？有遇到不錯的女孩嗎？」

日本最冷的寒風一口氣灌進狹小的巷子裡。穿著單薄衣物、跟寒冷夜空看起來很不協調的女孩們，此起彼落地發出尖叫聲。走出那家店，我拿出打火機，福渡先生停下腳步。把手圈在叼著的香菸周圍，好不容易才點燃。打火機油料散發出一股令人懷念的味道。福渡先生說了聲：「謝啦。」呼出煙圈，望著比東京還寬廣的夜空。

「福渡先生做了吧？跟那個像模特兒一樣漂亮的女孩。」

有點尖銳的說話方式。

我斜眼看著，福渡先生仍然掛著那副色老頭的表情，嘿嘿笑著說：「那個女孩的身體，真是不錯啊。」當他緩緩呼出煙圈時，臉上似乎有什麼一閃而過。「……哎呀。」

「……什麼，難道、石村你。」

在他說出下一句話之前，我回答「是，我只跟店裡的女孩聊天」。福渡先生誇張地張大嘴巴喊著：「什麼！」他像漂流者（註1）一樣誇張地踉蹌了一下，大聲叫著。

「太浪費了，你以為我為什麼要招待你來這裡？算了，下次就算我不在，你也可以自己來了。」

「不，這次我得到非常寶貴的經驗。我如果太拘謹的話，會因為緊張，反而沒辦法勃起。」

「明明還這麼年輕，真是個奇怪的傢伙。」

在性欲旺盛這一點，福渡先生看起來實在不像是大我一輪的人。光從逢人就開始滔滔不絕地說教、擅長照顧別人這一點看來，跟我老爸有很多相似之處。在店門口招攬客人的少爺們看到福渡先生時，也會露出圓滑的笑容對他說：「您辛苦了！」跟精通旁門左道的奇怪男性稱兄道弟地說話，會先招架不住的是我。「這一帶是我的勢力範圍。」擠出皺紋的笑容背後，應該也有另一張足以威迫他人的臉孔吧。我不想看到怪物皮相下的東西。

1 漂流者，原為日本樂隊，後成為以演出短篇喜劇聞名的組合。

我學福渡先生抬頭看著天空。

這幾天，我一個人享受著北海道廣大的土地。在東京根本沒有時間抬頭看看天空，每天一個勁地埋在桌前的電腦，然後駝著背回家，在丟著啤酒罐的房間裡睡覺。這樣的日子，沒有多餘的時間沉浸在夜晚來臨的感傷之中。要是感傷起來的話，就必須面對那些看穿自己心底深處、無法具體變成輕快言語的想法。該怎麼說呢，很殘酷。這樣好嗎？總之要把這些無處可去的疑問壓下，才能繼續活著。

我，很虛弱。

在面對釧路濕原的展望臺，抬頭望見的天空，像撒著金平糖一樣，是一整片的星海。可是，薄野的天空太亮了，完全看不見星星的光芒。不管哪裡都有夜生活的街道。閃亮百萬。永不沉睡，閃閃發光的欲望漩渦吸引著人們。華麗的霓虹蝴蝶翩翩飛舞。

我們走了一段路，來到大馬路的十字路口。

可以看見我下榻的、位在車站前的細長商務旅館。像是塞在高聳的大廈與大廈之間，顯得很侷促。打開入口處的門，迎接我的是讓人感覺不舒服、表情死氣沉沉的旅館工作人員。

「我會幫你準備用來當終極武器的女孩，所以沒關係。女孩子要再花點時間稍微準備一下。」

福渡先生一邊抓著頭髮，一邊認真地對我說：

「在旅館裡要是寂寞的話就叫一下。」

……咦、叫福渡先生嗎？

我差點脫口而出，結果他遞給我的是到府服務的酒店小姐介紹卡片。

我鬆了一口氣。「那麼，再聯絡了。」我們交換了手機號碼。我的是灰色的J-phone，福渡先生的是黑色Docomo，都是剛買的機種。身材精實的福渡先生的巨大背影，掩去了夜晚街道的顏色，搖搖晃晃地消失在遠方。

3

「能順利進行真是太好了，接下來只要把資料送到認識的代書那裡就好了。」

結束一個人的療傷之旅，回到東京，時間又過了一個月。

我的失業生活也在同一時期劃上句點。這一天，中午過後，我跟許久不見的福渡先生約在代代木的 Renoir 咖啡館碰面。我們雖然一直用電子郵件或電話聯繫，但幾天前，福渡先生才告訴我他要回東京了。除了經營特種行業之外，他還有其他的事業，總是像旅人一樣，在日本各地飛來飛去，過著忙碌的生活。

在咖啡館裡，福渡先生很快地向我報告了好消息，「資金已經籌到。」公司的籌備進展順利，不過我現在還是沒有什麼實感。不安和期待交錯混雜，心臟跳得越來越快。

「話說回來，真的可以幫我籌到那麼一大筆錢嗎？」

「對門外漢來說，這不是簡單的事。這種事情，絕大部分是建立在道義、人情和信賴的關係上。我一定要讓你成功。」

像採集花蜜的蝴蝶一樣，事事成功，不斷開拓新事業的福渡先生，周圍自然會聚集人群。我實在應該深深感謝他。這是一輩子僅有一次的重大賭注。光是在籌措資金這個重大關卡能夠順利突破，我就已經覺得放心了。

我望著手邊冒著熱氣的特調咖啡，現在其實很想喝杯酒。

討論完關於事業方面的計畫，福渡先生說：

「把這個業界的基礎打好了，我們就能成為先驅者。」

說著，他抽了口菸，厚厚的煙霧膨脹似地飄盪在我們之間。

在北海道相遇的時候沒有看過，福渡先生抽著粗粗的手捲菸。獨特的甜美香氣擴散開來。我竟然聞過這個味道，真是不可思議。對了，香草，像香草一樣。害我也很想在嘴裡塞個什麼。於是，我向店員點了牛奶千層派。福渡先生像是很訝異地說：「吃那種東西，跟小女生一樣。」不過他還是溫柔地笑了，然後——

「……那個、好吃嗎？」

他像是很在意似地一直湊過來，好像硬要討個一口，拿他沒辦法，我用叉子切了一片珍貴的蛋糕，像戀人一樣說：「啊——」然後把蛋糕送進他嘴裡。總覺得店裡其他客人朝我們這一桌投來讓人覺得刺痛的視線。

「喔喔、可以可以。」

在福渡先生把我的牛奶千層派掠奪完畢之前，我急急把蛋糕塞進嘴裡。

店裡播放著廣播頻道的西洋歌曲，我覺得似曾相識，不過，那些音樂對我來說最低。

說，只像是滑進耳中似的，聽起來舒服而已。在香甜西式甜點的撫慰下，新的夢想在我心中逐漸膨脹。

4

東京，御徒町，一九九九年春天。

我遇見了桃子。

如果是漫畫的話，就會出現心型的對話框，是一場衝擊力道十足的邂逅。福渡先生常常掛在嘴邊的，「公司的終極武器」，一個在薄野新俱樂部工作了好幾年的女孩。

「在我認識的人那邊工作，那裡的頭牌勢力很大。她一直沒辦法發揮，我覺得很可惜，剛好她也在猶豫要不要離開北海道，於是我跟她聊了一下。聽了我們這次的計畫，她說，福渡先生，請一定要帶我離開。這女孩一個人可以做出三個人的成績，是個不可多得的人氣小姐。」

雖然說起來很失禮，不過桃子並沒有長得特別美。

圓圓的臉龐，與其說漂亮，不如說是甜美撒嬌的嬰兒肥臉蛋，就算跟一直低頭沉默的我在一起，也可以爽朗地說話，咯咯笑著，用太陽般的開朗態度跟我相處。對於福渡先生低級猥褻的發言，她也會睜著圓滾滾的大眼睛——讓人覺得那些話好像並不是什麼猥褻的內容——很開心地傾聽。跟這個女孩在一起，好像就會變得幸福，她總是自然而然地讓人產生男性很容易產生的那種妄想，光用外表的評價無法道盡她的一切，這是桃子內在的魅力。

福渡先生一邊摟著桃子的肩，一邊豪氣地說：

「常常上門的客人，與其說是要追求性的滿足，不如說是要追求一種療癒。男人要的是能傾聽他那些沒人要聽的話、只對他露出微笑、像是可以暫時把現實世界丟在酒店外面似的，這些幻想中的女性。所以，並不是店裡最漂亮的美人、業績就能衝第一，而是要看有沒有能力把客人從日常的世界切離，這也就是桃子的力量所在。」

桃子看著福渡先生介紹的租屋物件，同時也順便跟我面試。她如果能在我的公司工作，我當然很歡迎。福渡先生，幹得好。我心裡雀躍不已。

可是，她一回去，福渡先生的臉色就變了。「ＡＶ女星跟到府服務的小姐畢竟還是不一樣。」像是快要蹦出來的眼珠，散發出鈍重的光芒。

「那女孩一定很好用，女星的素質也比以前還要高一些。一定、要好好賺一筆。」

真正的心聲，聽起來冰冷而空虛。

然而，我跟桃子一起生活，是自然而然的結果。桃子用公共電話打來我住的地方，是在她準備從北海道搬來的前一天晚上。

「那個，有件事想拜託石村先生。」

桃子柔軟的聲音透過話筒傳了過來。我把微波爐裡的可樂餅拿出來。因為太燙了，所以像是拿著髒東西似地只掐著袋子一角，同時靈巧地用臉頰和肩膀夾著電話子機。「哪位？」我看了一下時鐘，時間是晚上十點。

「啊，怎麼了？」

我用不可思議的語氣問著，聽到話筒另一端傳來投進十元硬幣時，「洽啷」的乾澀聲音。她好像是從車輛稀少的地方打來的，電話另一端很安靜，能清楚聽見她的聲音。桃子像是在思考似地說了聲：「那個……」然後停頓了一會兒，說：

「有關租屋的地方，我現在還沒找到比較好的房子。之前介紹的地方，隔壁鄰居有點可怕。我在想不知道能不能拜託石村先生跟我一起去看房子？在決定住處之前，我明天開始想先找個便宜的旅館住下來。」

乾淨澄澈的聲音，聽起來有些沉悶。

凡事認真的桃子，還不能從事任何能寫在契約書上的工作，是個未成年少女。在毫無地緣關係的地方，能借住的安全住所應該很少吧。等我回過神來，已經用連自己都感到吃驚的語氣提議說：「不然，先來我家吧。」

位於新宿的套房，增加了各式各樣的小東西。「雖然空間不大，不過就隨妳用吧。」我迅速收拾散落在地板上的東西，桃子也很開心地笑著說：「謝謝。」就算她的行李入侵了狹小的房間，我也沒有特別覺得討厭。即使衣物柔軟精的味道濃了一點也一樣。就算房裡充滿了女性的甜美氣味、像感染疾病一樣，得忍耐桃子的誘惑也一樣。我出門的時候，洗衣和打掃都是她負責，房子比我一個人住的時候還要乾淨。桃子自己也有身為同居人、兩人要一起生活的自覺。更重要的是，無論是就異性而言，或者單就一個人類而言，我都很喜歡她。

「像跑去中途之家借住的婦女一樣，抱歉。」

一點也不會，我用力搖頭。大概是我的反應太誇張，桃子張大了嘴巴，可以看到口腔前後顫動的齒列。兩顆大大的門牙像松鼠一樣，像在大叫著「要不要去矯正一下」的不整齊牙齒。要是被那種牙齒咬到的話，好像會很痛。可是，我好想嘗嘗桃子所帶來的那種痛楚。粗粗的眉毛蓬蓬的，看起來像正在傷腦筋的柴犬。如果被她盯著看，自己好像也會跟著覺得傷腦筋。

可是，這樣很好。桃子的不完美是最完美的地方。

桃子的心和外表，兩者之間的不協調。

……桃子。

圓圓的、柔軟的，像一顆、真正的桃子。

5

「接著是事務所的名字。」

——會被人背叛、會捲入奇怪的麻煩事，能像這樣開開心心活著多好。這個是我的理論，取名是很重要的。

就像福渡先生說的，不管是公司名稱也好，幫孩子取名也好，是賦予生命的重大儀式。因為是不熟悉的AV製作公司，所以要取一個好記、讓人有親切感的名字。我閉上眼睛，環著雙臂，口中唸唸有詞。桃子傻傻笑著說：「石村先生這樣看起來像菩薩一樣。」「啊，我想到好名字了，叫WANNABE好不好？想變成不一樣的自己、想脫胎換骨，有這樣的意思在內，怎麼樣？」

從Prada的手提包裡拿出印著卡通角色圖案的筆記本，桃子也開始幫我想名字。在迪士尼樂園買的原子筆前端，吊著晃來晃去的卡通人物吊環，發出喀鏘喀鏘的巨大聲音，看起來就很難用。「名字的由來還是要好好考慮才行。」她把原子筆抵在嘴脣上，看起來就像個普通的大學生。言行舉止看起來像大人的桃子其實還很年輕，從身上穿的衣服和喜歡的東西，很容易看出這一點。

「想變成STAR。WANNABE STAR……啊、這個好，就叫BeStar，怎麼樣？」

BeStar。

很合適，我大叫：「這個很好！」

「那就這樣決定了。」

桃子抱著筆記本，很開心地露出微笑。

一九九〇年代——女孩們幾乎不會主動上門應徵的年代。在日常生活或人際關係出了問題。雖然年輕、卻失去生活希望的女孩們，在澀谷或新宿街上被星探搭訕，莫名其妙地就被帶去攝影機前面脫光，這種糟糕的故事在世間流傳。被花言巧語操弄，還沒搞清楚狀況就在人前做愛。開始拍攝AV的女孩雖然不一定都是這樣，不過人們對這個行業有很強的偏見，總會竊竊私語地說，大概是很缺錢、或者這就是浪跡天涯的女孩最後的下場，聽起來實在很沒面子。

跟特種行業最不一樣的是，拍AV會有作品流傳下來。

這個世界把它解讀成：「一個人的人生，就算再怎麼後悔不甘，也終有結束的一天。」這世界上也有被AV拯救的人。BeStar……就算是寫真脫星，也可以成為明星。

在彷彿要被孤獨擊潰的寂寞夜晚，治癒人們的心，滿足人們的欲望。這不是很棒的事情嗎？

——總有一天，她們也可以活躍在陽光下，距離這一天不會太久。
雖然沒有根據，但我深深相信這一點。
一邊看著棒球比賽的實況轉播，一邊拉開罐裝啤酒，碳酸氣體湧出，發出咻的一聲。桃子看到我，用唱歌般的語氣說：「我也要。」她從體積很小的正方形冰箱拿出梅酒。十月時，她就滿二十歲了。
「在桃子能力所及的範圍內，跟著我走吧。」
我摸摸桃子的頭，把嘴唇疊了上去。像是重心失去平衡似地，像要確認彼此的身體似地，肌膚相親。

6

那之後，過了一個月。
只不過是一個月而已。然而，事務所卻陷入緊急狀態，只剩下桃子跟幾個女孩。跟幾個AV製作公司試鏡、但還沒拍到契約約定好的數量，女孩們像是自始就不存在似地消失無蹤。我跑去靠著福渡先生之力租借給女星們住的地方，已經太遲了。

服裝、家具、屋裡的小東西，全部都像隨水流走一樣，通通不見了。

「就是這樣啊，石村。」

用散漫眼神盯著在辦公桌前嘆氣的我，福渡先生很沉重似地交疊雙腳。

「因為拍一支就賺夠了啊。你為了鼓勵女孩們的士氣，所以讓她們分六成，我不是一直都反對嗎？事務所應該分八成才對。」

「那樣太多了。」

我深深嘆了口氣，否決福渡先生的說法。

「不不，大家都是這麼做。像這樣，慢慢提高女孩們的薪水，盡可能地讓她們工作久一點，這個應該要由我們來調整才對。」

帶回來跟跑掉的情形會不斷反覆發生，他接下去說道。

「拍攝當天被放鴿子實在很痛，幸好小桃上來代打，真是幫了大忙。說到賺錢的話，這種錢很好賺。想拍AV的女孩到處都有，再找就好，至於跑掉的女孩，等她們錢花完、陷入困境的時候，就會再回來的。」

「嗯嗯，可是，我真的不想把她們當成販售商品。」

我的語氣難得強硬，福渡先生訝異地盯著我。

「如果不想做的話，就不要勉強她們拍攝，想辭職的話，就乾乾淨淨地離開這個業界也無所謂。就算事務所沒什麼獲利也沒關係。我想告訴她們，拍AV是為了這個世界、是為了男性們。如果不能感受到工作的價值，就沒辦法繼續做下去了啊。」

我知道女星們的身體保存期限很短。就算能繼續工作，也只是一兩年的事。在那麼短的時間內能拍幾部作品？不是以企劃女星的身分簽下來、而是以專屬女星的方式簽約，盡量多拍幾支影片。能否做到這幾點，是製作公司決勝負的關鍵所在。

——工作的價值。眼前的這個男人，能感受到這一點嗎？我現在，還不覺得他能感受到。

「充滿善意不是什麼壞事，但是經營事業時用這種真心當作主軸，這樣不行啊，石村。要更貪心一點才行。提高商品的價值很重要，這一點並不是只有在這個業界才這樣。名牌商品也是。明明也不是什麼多厲害的東西，卻賣得那麼貴，這就是賣知名度啊。光是貼著品牌LOGO就產生幾百萬日圓的價值，這才是賺錢生意的祕訣。要是不明白這一點，以後會很難走下去的。」

我沒有回答，而只是陷入了沉默。

他的措辭強硬，態度也不能說很好，但並沒有大聲嚷嚷、硬逼著我說不那樣做不行，而只是淡淡的、沒有任何感情起伏地，不斷闡述他的經營理論，最後，再把球丟回來給我：「雖然我這麼說，但決定權還是在你身上，石村。」到底什麼是正確的、什麼是不好的，在眼前還看不到結果的現在，我一邊覺得煩躁不已，一邊繼續摸索下去。

——第二天，我到公司時，大門很難得地沒有上鎖。

本來以為福渡先生在裡面，可是看不到他。我脫下外套，看著掛在牆壁上的時鐘。

「……福渡先生好慢。」

我們說好到公司的時間是中午十一點前。總覺得有不好的預感。福渡先生要去其他公司時，一定會在白板上留言，但現在白板上沒有任何訊息。只有不安的情緒是確定的，但我的腦袋下意識地否認這一點。

我突然想到某件事，腳步像是被拖過去似地向金庫移動，打開保險鎖。

——空的。

事務所裡並沒有被胡亂翻動的痕跡。我慌慌張張地確認福渡先生的辦公桌。呼吸意外地恢復了平穩。我冷靜尋找是否有線索留下來。現在所知道的，是文件和試鏡時所需的那些書面資料還在，但情況顯然很奇怪。

——福渡先生、不見了。

很諷刺的是，不祥的直覺，完全命中。

我一一打電話給認識福渡先生的人，知道了一個絕望的事實——他不接任何人的電話。正當我陷入沮喪的時候，一個認識福渡先生的人像是很憂鬱似地說：「啊啊、難道……」然後吞吞吐吐地把我所不知道的福渡先生的真面目說了出來。

「在動腦筋方面他是個天才，但因為涉足太多領域，據說借了一大筆錢。現在演變成這樣，雖然覺得很遺憾，不過，或許他從一開始就是為了要還債，才跟石村先生搭訕。說不定是在還沒全部回收投資在你身上的資金時，就被討債公司追著跑了。」

如果真的是這樣，那麼也沒什麼好說的。

我沒去想這個人可能跟福渡先生聯手起來騙我，只是小聲說道：「這樣啊。」然後就把電話掛掉。

——嗯嗯，可是，我真的不想把她們當成販售商品。

我不知道自己這番話跟福渡先生的失蹤有沒有關係。或許完全沒有關係，而是由於他本身的諸多問題。第一次見面就提出這麼好的建議，我從一開始或許就應該想到可能會有這麼一天。

好不容易看見了從隧道另一端照進來的光芒。

……如今又是一片黑暗。

我沒有辦法去想未來該何去何從，心緒動搖地打電話給桃子。

「福渡先生失蹤了。」

桃子頓了好一會兒，語尾上揚地叫了聲「咦？」等掛掉電話之後，我才想到桃子說昨天拍片拍到很晚，所以今天會悠閒地睡到中午。我無法假裝平靜，就這樣抱著頭崩潰不已，腦袋一陣暈眩。振作、一點。得做點什麼才行。雖然這麼想，但只剩少少幾個女星的製作公司，完全不知道該做什麼才好。仔細想想，我太依賴福渡先生了。不管是一天的流程、面試的順序、經營的方式，全部都靠他教導。

回到家裡，房子裡充滿美味的香氣。「你回來啦。」開朗的聲音從走廊另一端傳來。這是十張榻榻米大小的狹窄房間。在窄小空間裡勉強放了水槽，在這小小的廚房裡，桃子忙著用昆布熬高湯，今天做晚飯的時間好像早了一點。

我覺得電視裡的綜藝節目很吵，於是把電源關掉。

我就這樣在坐墊上坐了下來。墊子很薄，屁股一下子就痛起來了。真是沒用的東西。我不自覺地嘖了一聲。

——事情滾雪球般地往壞的方向發展。

什麼福氣渡來。

「根本沒有任何福氣啊。」

什麼都不能做。我從冰箱裡拿出自己不太能喝的日本酒。

「我聽到之後也很驚訝。」

桃子有點茫然地說道。她盛了一大碗飯，把碗放在折疊桌上。小土鍋放在瓦斯爐上煮著湯。睡覺前，如果不把桌子收起來，就沒有地方鋪兩人的棉被。有點歷史的桌腳微微傾斜，也差不多要壞掉了。鋁製的輕型桌腳，放稍重一點的東西就好像要折彎一樣。我並沒有窮到不能買新桌子，只是覺得丟掉很可惜，所以就繼續使用。我們並沒有咬著牙堅持什麼都要比別人好。那麼，為什麼要工作？只是想守護兩手能環抱住的小小幸福而已。對福渡的怒氣沸沸揚揚地湧起，那個禿頭的色老頭。要是能這麼說的話就好了。但我立刻轉換了想法，應該有很多難以說出口的沉重事情，像壓醬菜的石頭一樣疊在他身上吧，一定是沒辦法才會這麼做的。要是不這樣的話，就沒辦法想通。工作好不容易開始順利了，心中終於充滿了明亮的未來。我本來就做好覺悟，不管遇到什麼難關，都要想辦法度過……只是沒想到，難關竟然來得這麼快。

連開始都還沒有啊。

我環視這個狹小的房間。

要是金錢寬裕一點，想要跟桃子一起租個寬一點的房子，因此我常常在車站前的房仲公司外面看傳單。不管是桌子或家具，都想替換稍微比較好用、具有設計感的新品，想找個讓桃子能輕鬆煮飯、視野較好的房子。心中本來一直期待著，等事務所的經營上軌道之後，就來做這些事。這個瞬間，一切煙消雲散，眼前堆滿了讓我不得不面對現實的問題。

想快點離開這個一拉開窗簾立刻會看到隔壁建築物、日照很差的房子。

……這時。

當裝在白色盤子裡、堆得高高的霜降肉片出現在餐桌上時，我嚇了一跳。

「這什麼？」

「什麼問題，是肉啊。」

「我知道，不是這個問題，是肉的品質，這未免也太過豪華了吧。」

「聽到那麼鬱悶的事情，覺得很想大吃一頓。這種的沒什麼大不了，沒問題的。」

「妳在說什麼？一個經營者跑了，事情不是很嚴重嗎？在情況這麼嚴重的時候，怎麼可以吃這麼奢侈的東西？」

好久沒用這麼強硬的口氣冷冰冰地把話吐出來，我自己也嚇了一跳……我說得太過分了。可是，當我看向桃子時，她只是歪著頭，皺起眉頭，像是覺得很不可思議地問道：「是嗎？」

「情況越是糟糕，越要表現得比任何人都還要有餘裕。品嘗美味的食物，慢慢思考不是很好嗎？只不過少了一個人，不過是這樣的事情而已吧。只不過奢侈個一次，人生並不會因此而改變啊。」

她笑著把裝了打散蛋液的碗遞給我。今天吃的好像是壽喜燒。我現在才注意到醬油的焦香味。肚子咕嚕嚕地叫著。這種時候竟然還會肚子餓，害我好想哭。對了，說不定身體覺得，如果還有食欲，那麼事情總有辦法解決的。可是，要怎麼保持充滿餘裕的態度呢？我只是一直盯著桃子太過燦爛的笑容。

昨天上完廁所後，桃子像是很痛地笑著的表情，在我腦中一閃而逝。

「上小號的時候，有一點痛。」

身為男性的我，無法體會女性們所有性方面的疼痛。不管是每個月帶來憂鬱波濤的生理期，或是讓新生命誕生的過程。我一輩子都不會知道。所以，連「怎麼啦？」這種問題，就跟對姊姊、或以前的戀人說的話一樣，像在對待來歷不明的東西一樣，是很平常的隨口問候。這一點一直很神祕，對我而言，女性是大海。所以，當桃子細聲細氣地喃喃說道：「我從來沒有像這樣跟男人做過。」我的身體就像是被針刺破，體內的空氣咻咻跑出來一樣，發現到自己愚蠢的失敗。

——桃子。

因為酒喝得比平常快，所以變得很感傷，覺得一陣鼻酸。啊啊，我真是個糟糕的男人。把充滿油脂的肉浸在蛋液裡送進口中——工作的公司倒了。去當酒店少爺時，被店裡根本沒交往過的小姐看上，結果被誣賴說對她霸王硬上弓，鬧了一場之後落荒而逃。念了好大學。可是，那又怎麼樣呢。對ＡＶ業界一無所知的男人，在東京都內悄悄開了一家小小的ＡＶ製作公司，被信賴的人背叛。可是，眼前只要有桃子在，就覺得心裡變得暖和。剛才為止都還能感受到雙腳被扭掉的恐怖感，對於這樣的自己，我覺得很討厭。

桃子放下筷子，隨著溫柔的話語一起緊緊靠了過來。

「我也會努力的，蒙著頭衝衝看，人生總有出路的。」

「要是能那樣就要高喊萬萬歲了。」

我沒有奢望巨大的幸福。當桃子挽著我的手，一種更強烈、像是要蒸騰出熱氣似的心情，形成了清楚明瞭的輪廓。

「福氣一定會到石村先生身邊來的。」

桃子笑著說道。

桃子對著我笑了。

像桃子一樣，全部圓滾滾的桃子。眼睛、臉蛋、胸部、屁股都是。充滿誘惑的桃子，被室內的熱氣燻得更燙，渴求著我的下身。

「是啊，我們努力吧。」

中斷的壽喜燒，散發出燒焦似的甜美香氣。

7

福渡先生消失之後，狂風暴雨般的三個月過去了。左右不分的混亂情況逐漸減少。靠著繼續營業談回來的工作，也開始能一點一點地分給桃子和被勸說進來工作的幾個女孩。雖然沒有能力挺胸說這是身為社長和經紀人的我發揮了作用，但公司開始往比較好的方向運作。總覺得有種溫暖的感覺，像是絕望的黑暗，被慢慢塗上了白色顏料一樣。

我雇用了新的星探兼經紀人。

島田洋平──跟桃子差不多同年的年輕人，有點與眾不同，目標成為AV男星，是大阪出身的大學生，主要請他幫忙挖角，找女孩加入我們事務所。

大阪口音更加襯托出他的饒舌。就算遭到路上女性的白眼也不畏縮，繼續積極地以輕鬆的切入點跟對方攀談，一定會把對方逗笑、帶來事務所，達成率很高。就像在漁船甲板上看到厲害的捕魚技巧，不由得想說：「幹得漂亮。」他的工作表現可圈可點。

「石村先生，但是，我可不是誰都搭訕的，我只捕捉真正淫蕩的女孩。從本質散發出來的卑猥氣質是藏不住的，我聞得到那種味道。因為，我的天線很靈敏啊。」

他用充滿活力的聲音指著自己雙腿之間，我煩惱著該如何回話，只能像平常一樣苦笑。

這時，附有照相功能的手機問世，我跟島田都買了那種手機，幫他帶來的女孩拍照，用手機傳照片聯絡討論。「怎樣？可以用這個女孩嗎？」「拜託你了。」——一個人負責的話，工作量實在太大了，託他的福，累得半死的晚上也越來越少。

島田很會喝。

「石村先生，還行嗎？」、「嗯、再喝一家、決定了！」連喝好幾攤，我不知道是因為誤把煽動別人當成正義行為，或是因為自己不想喝到爛醉，所以決定讓別人先喝掛，我們用打死小蟲般的狠勁拚命灌酒，島田大聲說著下流的話。

「桃子最近拍了不少支影片啊，我也想跟她來一炮。」

輕浮的言詞讓我的心臟好像要跳出來一樣。

「說什麼啊，想對自己公司的女星幹什麼。」

「那種話、石村先生有立場說嗎？」

他低級地咧嘴一笑。

「我有這個立場。」

「難道是在誇耀自己的男友特權嗎？」

島田不只手腕高明、做事技巧很好，而且能言善道。淺灰西裝和一頭跟江口洋介很像的捲髮，雖然散發出濃濃的昭和時期味道，但連這種無法完全隱藏的外表，都能像飾品一樣，靈活地拿來凸顯自己，是個很聰明的男人，要是他對桃子出手的話就糟了，我雖然為此感到焦慮，但還是一邊說：「開什麼玩笑。第一，我不打沒有把握的仗。」一邊喝著手邊的酒。

喝得微醺時，島田繼續說道：

「我以前想過，如果自己是女人的話，要是嘗過跟AV男星做愛的滋味，大概就沒辦法再跟一般人上床了。」

「為什麼？」

舌頭越來越不靈活。

「因為，對方是專業的AV男星啊。能充分掌握女人性器的構造，讓對方潮吹，是對性很執著的變態哪。稍微按壓這裡就讓對方高潮，連阿基米德也會嚇一跳的。」

「什麼阿基米德，島田，你還是一樣笨。」

……是這樣嗎？腦袋裡像是捲起漩渦似地開始天旋地轉，連帶影響到視線。「沒、關係、嗎？」島田的聲音聽起來更愚蠢。覺得自己像吃了安眠藥一樣，感覺很奇妙。視線高度落在食器的位置，我知道從小碟滴下來的醬油濺到自己臉上。

喝太多了。

「石村先生、石村先……啊、這樣不行啦。」

島田一把抓住我的手，粗暴地把我塞進計程車裡，我就這樣爛醉如泥地回到家。

喝、太多了。

我在玄關睡成大字狀，拖鞋聲啪搭啪搭地接近我。

「真是的，石村先生明明就不能喝，又勉強自己喝酒了。還好嗎？」桃子很擔心地跑了過來，把倒在地上的我拖到棉被上，將我的衣服一件一件脫掉。外套、領帶、襯衫……

當她把手放在我的皮帶上時，我向桃子問了一個很低級的問題。

「跟誰比較舒服？」

我跟AV男星，誰比較好？

無聊、瑣碎、微不足道的問題。溫柔的桃子回答時會顧慮我的心情，所以我不可能因此得到滿足。我對自己的不成熟感到訝異、嗤之以鼻。可是，心裡某處卻又充滿執念，想著總有一天一定要報復抱過桃子的男人——當然，這是不可能的——總覺得一直聽到心裡如此叫喊。啊啊，是啊，我發現自己只剩下這種像殘渣般的男性自尊心，只能跟別人比較：我有沒有讓自己喜歡的女人覺得舒服。感覺好怪，我咯咯笑了起來。

發現屋裡一片沉默，我慢慢睜開眼睛。

模模糊糊的視線，對上了桃子的雙眼。她像是很錯愕似地，低頭看著我。

……桃子。

桃子睜著眼睛，大概停頓了五秒鐘左右，然後慢慢開口。

「那、還用說嗎？」她又強調了一次。

「當然是你啊。」

我一直以為她會假裝生氣，然後對著我笑，然而，桃子露出了泫然欲泣的眼神，就像被用力揉過的衛生紙一樣，整張臉皺在一起，抖著細到幾乎快要消失的聲音，喃喃說道：「不要、這樣。」

「是啊，沒錯，桃子，對不起。」

我用不太靈活的聲音道歉，桃子突然露出了好像要說些什麼的表情，苦澀地盯著我充滿酒氣的眼睛。怎麼了？桃子，我喃喃說著，然而，這句話好像只出現在我腦海中，並沒有傳進桃子耳中。我就這樣睡到不省人事。

醒來的時候，桃子已經不見蹤影。

我慌慌張張地環顧整個屋內。她來東京時所背的帆布大背包不見了。可是，日常用的雜物和幾件衣服還留著，應該不是因為討厭爛醉如泥的我才離家出走。我搖搖晃晃地走到廚房，想要倒杯水來喝。鍋裡有燉菜。上面貼著小小的便條紙，寫著：「餓的話，熱一下就可以吃了。」像是確認了什麼似地，我這才放下心來。

正當我想打開冰箱時，注意到門上貼了一張很大的紙條。

「我想你喝醉了，大概不會記得。昨天傍晚，老家通知說我爸爸住院了。我很擔心，要回家一個禮拜左右。好好保重身體，等我回來。桃子。」

——爸爸得了腱鞘炎，卻還是很拚命地工作，我覺得很擔心。

話說回來，剛認識的時候，曾經聽桃子提過一點她父母的事。身為炭舖千金的母親，和繼承當舖家業、擔任老闆的父親，兩人所收養的孩子就是桃子。當時試婚（結婚前，女性先住進男性家試著生活，主要是東北地方的風俗）失敗了兩次，第三次終於嫁進來的桃子養母，現在是個已經超過六十歲的老婆婆，聽到這件事時，我大吃一驚。

「現在已經很少聽見炭舖這個詞了。」

「媽媽已經六十八了，爸爸也已經七十五歲，兩人都很長壽。因為一直沒有小孩，所以就收養了我。媽媽本來在東京的信濃町開和服裁縫教室，是個很厲害的職人。不管是和式罩衫或白無垢、振袖（註2），都做得很漂亮。以前她的店也有請女侍，是很有錢的人。我曾經問過，一般要收養的話，都是收養男孩子，為什麼會收養我呢？媽媽笑著說，因為我想讓妳穿我做的衣服。我聽了覺得很高興。」

爸爸位於東北的當舖失火，後來就搬到北海道，這是收養桃子好一陣子之後發生的事。

---

2 白無垢，表裡完全純白的和服；振袖，未婚女性所穿著的和服。

「兩人的心靈都還很有活力，可是身體狀況不太好。」

桃子之所以在薄野的 New Club 工作，也是因為掛念爸媽的關係。

——拍AV賺得比較快。

桃子說，福渡邀約自己的話像箭一樣刺進心臟，也是因為自己很掛念爸媽的關係。我知道她每個月都會把錢匯進爸媽的戶頭。

「他們好像已經知道我是怎麼賺錢的了。所以，他們沒有動我給的任何一毛錢。這樣，反而讓我覺得更難過。」

——跟誰比較舒服？

跟島田喝了劣酒之後，說出了糟糕的話。

我是笨蛋。

昨天殘存的些微記憶，跟隔天的宿醉，此刻鋪天蓋地地一口氣襲捲而來。

8

結果，不到一個禮拜，桃子就回來了。

不知道是不是我多心，總覺得她的圓臉好像瘦了點。回老家時，應該也一直待在醫院吧。「爸爸日子不多了，看到他的臉就知道了。」桃子乾澀的聲音在屋裡散開，動搖的模樣，讓整個房子好像也跟著搖搖欲墜。

「已經出現了死亡的氣息。我不想看，可是，還是看到了。」

桃子很悲傷似地笑著。

桃子離開老家的時候，所帶的行李少到讓人吃驚：妳的東西只有這樣嗎？我爛醉的那個晚上，她壓抑著想要立刻飛奔回北海道的心情，因為擔心我，忍住內心的糾葛，一直在家裡等我。桃子。我、最重要的、桃子。從腳邊、從腹部、從指尖湧出的愛，讓我顫抖不已。

「要不要吃點什麼？」

我打開冰箱確認食材。如果是簡單的東西，我也會做一點。

「咦，要做飯給我吃嗎？真難得。」

桃子頓時切換成笑臉的面容閃閃發光。因為沒有化妝，看起來略顯稚氣。

「吃火鍋好嗎？」我問道。「哇！暖暖的料理，好喔。」她似乎更開心了。

我把蔬菜切成大塊，一一放到在陶鍋加熱的高湯裡。白菜梗、蘿蔔、香菇。「硬的東西不容易熟，所以要先放。」桃子以前跟我說明過，所以我把比較容易煮熟的留到最後再放。鍋裡咕嚕咕嚕冒著泡泡，飄散出很有家庭味道的香氣。

「看起來好好吃喔。」

像是要把飄散在屋裡的香氣吸進來似地，桃子望著天花板，像狗狗一樣嗅著。我把塑膠鍋墊放在桌上，用毛巾包著鍋子手把，小心地把鍋子端上桌。

「……喂，桃子。」

桃子開始吃了起來，我開口叫她。

「怎麼了？」

桃子正在跟熱氣搏鬥，嘴裡鼓鼓地塞著白菜，望向我這邊。

「這個，妳拿去用。」

我拿出信封。桃子的表情頓時一沉。

很有份量的信封、我。桃子的視線在兩者間來回移動，然後低下頭來。

「只要有這個，就不用勉強自己工作了吧。回老家去吧，我希望妳陪在妳爸媽身邊。」

我知道不管懷著什麼想法，伸出去的那隻手，終究是有罪的。

這是昨晚的事。我悄悄潛入無人的事務所——話說回來，本來就只有我跟島田而已——事務所還是一樣冷清，只放著最低限度的辦公用品，簡單的模樣道出了我們規模微小的經營。福渡先生那天一個人來到這裡的時候，到底懷著什麼樣的心情。他是否懷有幾乎快被罪惡感壓垮的良心？不，我想，即使在驚濤駭浪中也能夠毫不動搖地活下來的他，應該不會在纖細的感情縫隙之間徬徨。他現在是隨波逐流般地在日本各地飄盪嗎？還是越過國境，繼續逃到地獄的盡頭？他吃著什麼？受到誰的幫助？平常睡在紙板上嗎？世界很廣大。就算潛在海裡　也可以掙扎著活下來吧。

不，我希望他繼續掙扎活下去。我希望他能繼續掙扎活著。那樣才像我當初遇到的福渡先生。

喀滋一聲的鈍重聲響，是沉重的金屬箱子被打開的聲音。

就是這樣拿到的錢。

源源湧出的自信讓我顫抖不已。來，收下吧。桃子。不必被不同的男人擁抱、面臨身體快要被撕裂的情況，不必忍著疼痛小便，不必再耗損似地過度使用身體。不管怎麼樣，我會努力工作。這是至今一直在工作的桃子應得的部分。是的，事務所一定有辦法撐下去。島田應該也會理解吧，就算他被陷在戀愛裡的男人感情嚇到也無所謂。

桃子靜靜地放下筷子和碗。

「不是的。」

像是狠狠丟出什麼似的，冰冷的聲音。

「……咦。」

「不是這樣的。」

我們之間陷入了一陣沉默。

桃子什麼都沒說，就這樣站了起來，把吃到一半的碗拿去水槽。廚房嘩啦嘩啦地響起沖水的聲音。她就這樣擦擦手，說：「石村先生，謝謝。」即使背對著她，我也知道她開始整理行李了。

我默默地看著一大堆福澤諭吉（註3）。

——啊啊，原來如此。

3 萬圓紙鈔。

桃子不希望讓自己喜歡的男人做出這種事。

初次造訪的廣大土地閃過腦中。凍結的蒼白海面，跟閃爍著霓虹燈的街道交錯。桃子說，她沒有看過流冰。石村先生，謝謝——總有一天，我會讓妳看到的，我會讓妳看到那個銀色世界，在那裡，一切彷彿都會變好，會閃爍著異質的光彩。讓妳看到黑色大鷲優雅飛起的美麗景致。燉菜也好、火鍋也好，在那個寒冷的地方吃起來，應該會更美味吧。桃子。

「桃、子。」

喃喃的聲音，空虛地消失在門的另一端。

我那些丟在地板上的東西裡，有一個此刻看起來覺得滿懷歉意的名片盒。

——有限公司 BeStar 石村浩樹

我只能默默地，摩娑著上面的印刷文字。

3章　美穗

1

一個膚色的圓球一邊晃動、一邊閃閃發光。

不、不是。

……是、和尚。

衣服淫蕩地半掛在腰際。從剛剛開始，這個和尚就讓女大學生躺在吧檯旁的沙發上，自己使勁地擺動腰部。

——到底在幹麼。

美穗從稍遠之處，品評似地一直望著來訪這家店、生存方式遠離一般常識範圍的客人們。Happening bar，白雪公主。蘋果般鮮紅色的皮革沙發，像是要圍住中心似地，沿著狹窄樓層的牆面擺放，正中央有一根鋼管，被鏡球照得閃閃發光，像是誰都可以上來露一手鋼管舞。男女奇妙的呻吟聲此起彼落，更加增添幾分猥褻的色彩。這到底是什麼樣的地方呢？於是美穗走進來見見世面。

就這樣，也不知道店裡的規矩，從剛才開始，就這麼默默地喝了好幾杯雞尾酒。如果在自己微醺的時候發生什麼事，她也做好了放任一切的覺悟。沒有跟同伴一起來，只憑著聽來的消息找到這家店，連自己都被這種大膽舉動嚇了一跳。不過，踏入這家店之後，又回到普通的軸線上，恢復成「平常的橋口美穗」。

水泥灰牆讓搖滾樂音反彈迴響。在不斷轉動的鏡球下，男女的欲望有如祭典之夜，川流不息、熱鬧喧騰。

——白雪公主在離新宿車站稍遠之處。

穿過人聲鼎沸的熱鬧街區，美穗走了好一會兒。她最近才知道，這一整棟細長型的建築物都是 Happening bar。

在只有鏡球光線的昏暗照明之下，她一直被其他男客搭訕。無論哪個男的都不是美穗的菜。美穗一表示自己沒什麼興趣，他們就立刻轉頭搭訕其他女性客人。如果硬要纏著對方、想要強迫對方的話，據說立刻會被趕出去。花了兩萬元的昂貴費用、在這裡流連忘返的男性們，全都練就了一身能夠分辨「不能上的女人」的工夫。

——和尚，要是很難動的話，脫掉不就好了嗎？

喂、快脫吧。看著對方滑稽的背影，美穗在心中吐槽。不知道是不是注意到這一點，那個和尚解開赤黑色的腰帶，粗暴地丟到地板上。

啪沙一聲，接著是袈裟被脫掉的聲音，猥褻的裸體露了出來。

——一定吃得很好吧。

盯著滿是明顯贅肉的腰，美穗緩緩收回視線。

對面坐著穿西裝的上班族。一邊看著那些只穿著無袖貼身短衣和內褲的裸露衣著、撫弄著下腹部的年輕女孩們，一邊仔細地套弄著自己的欲望。

——哎呀、阿健？側臉很像自己的丈夫，美穗的心跳頓時加快。定睛一望，完全是不一樣的人，心裡這才鬆了一口氣。

有點介意地看了一下戴在左手的手錶——快要、七點了。這個時間他還沒回來。應該、沒關係。

現在對丈夫的僅存愛情，處於搖搖欲墜的邊緣，像表面張力似地維持在那裡。而且，還是像鉛液一樣黏膩、慘不忍睹的愛。

這裡到處都瀰漫著異樣的氣氛。

「明明是和尚，感覺起來卻充滿煩惱呢。」

像是很訝異似地嘆了口氣，狩野笑著向她搭話。

「畢竟一樣都是人類嘛。」

「是啊。不過，也太大膽了。」

「選擇來到這裡的那一刻，我想大家都一樣大膽吧。」

狩野是這家 Happening bar 的店長，從幾年前突然失蹤的男性前經營者手中，很快地頂下這家店。介於灰色地帶的特種營業場所，拒絕公開攤在陽光下，所以官網做得很簡單，並沒有詳細標示這家店具體的營業內容。因此，美穗在踏進這家店之前，其實都還一直懷疑這家店真的安全嗎？

這家店從吉祥寺搬過來，包下一整棟大樓重新開幕時，也是靠著常客口耳相傳，才把消息散播出去。

美穗一個人不安地走進來時，狩野過來跟她搭話。他們就這樣興味盎然地觀察著在店內遊走的客人的一舉一動。

「那個住持很常來。光是這個月已經看到他三次了。」

「咦、他是住持嗎？」

「是啊，是附近寺廟的住持。」

裝成普通模樣的人，想壓下心底隱藏的欲望，欲望或許反而會變得更強烈。鏡球的光芒閃閃發亮，把美穗的手染成粉紅色。她一口氣喝光雞尾酒。這是在這個地方找樂子時需要的一點燃料。

話說回來，美穗以前念過淨土真宗的女校。雖然是宗教學校，但日常生活並沒有特別受到拘束。早上走進校門時，向銅像合十膜拜；吃午餐時，對面前的餐點說感謝的話語。每週一次的聯合朝會，帶著念珠吟唱經文。市面上買不到學校指定經書的書套，每一個學生家都要自己縫製，所以入學時，學校早早就發下「經書書套尺寸說明」的紙本資料，想起來讓人覺得好懷念。

「哎呀，這樣一定得自己縫了。」

從壁櫥裡拿出縫紉機，媽媽每晚都在縫書套。釘著鬱金香徽章的書套，可愛得讓人不敢相信打開之後會出現三皈依之類的經書。封面還縫了可以放念珠的小袋子。在沒有起伏、語調平淡的讀經聲中，如果打瞌睡，會被老師一棍子敲醒，所以美穗總是專心背著標註了假名的艱澀漢字，用來打發時間。

——這是小學時代就養成的習慣。

素雅的茶色是學校的指定顏色，制服跟「可愛」兩字幾乎扯不上關係，但由於是從小學到高中的一貫制學校，考進美術大學的升學率很高，因此就在爸媽的建議下考了這所學校。

發現人們只有在享受情人節或聖誕節之類的必要時刻，才會向神祈求，這是在進入大學後發現的事。就算篤信宗教，現在這個時代，每天去廟裡聽師父開釋的乖乖牌信徒也越來越少了。美穗聽說，可以跟在家居士交流的檀那寺（註4）比在修行道場的僧侶自由多了，所吃的食物也不是素食。不過，看到出現在中華料理店，大口大口吃著麻婆豆腐的和尚時，美穗還是受到不小的衝擊。

可是，竟然這麼露骨。

分不清是嗚嗚或啊啊，住持像野獸一樣的低吼聲，像是要從裡面滿溢出來似地，聽得一清二楚。

——總覺得變成大人之後，到處都是破綻。

結婚七年的美穗，為什麼會偷偷來到 Happening bar？並不是因為抱著想

4 日本的一種寺廟種類，是信眾代代皈依、埋葬祖先遺骨的寺廟。

要嘗試不倫的勇氣。生活中根本沒有機會認識其他異性。他們婚姻生活的腳步，在幾年前就已經止步不前。既沒有前進，也沒有後退。美穗心裡甚至希望，丈夫乾脆去拈花惹草還比較好，每一天的日子，與其說是平穩，不如說是淡而無味，讓美穗感受到一種被推落黑暗深淵的恐怖。

——阿健應該也覺得很辛苦吧。

回過神來，發現身後的觀眾變多了，可以聽到「喔喔」之類的讚嘆聲。其中有一對大概是一起來的吧，一個年輕女性用尖銳的聲音說：「好厲害，是和尚耶。」跟男人一起嘿嘿地笑著。

在那樣的、異質空間裡。

煩惱兀自膨脹晃動，男人的欲望終於消耗殆盡。

2

「來，請戴好，這是我們店裡的規定。」

上半身只穿著龜甲的奇特男子說道，遞過一個薄薄的小袋。回頭看了一下他的光頭後面，出現了一個骷髏的刺青，感覺起來更詭異，很像這個店會有的店員風格。望著店裡的擺設，把頭部和腳拿掉的人體模型，用巧妙的技術以繩子固定在牆壁上做展示，就像前衛藝術一樣。美穗還沒體驗過繩子所帶來的美妙感覺。

像澡堂的櫃檯一樣，男人在入口處把保險套遞過來。一個不尋常的異世界，在眼前開展。美穗驚訝地盯著對方，對方用細長的眼睛瞪了回去，一副想說「怎樣？」的表情。把保險套交給等一下要開始交合的男女，把店裡的規定告訴他們，這個男人，到底是用什麼樣的心情目送這些男女進去的？

美穗害羞地低下頭。

望著匆匆忙忙穿好衣服離開的住持，美穗鎖定了一個男性，對方似乎也注意到美穗表情所傳遞出的纖細情感，兩人稍稍聊了一下之後。

「去上面吧？」

男人只說了這句話，熟門熟路地來到五樓。根據他的說明，下面的樓層是為了喝酒、交流的邂逅場所，三樓以上才是實際用來做愛的玩樂房間。

「可是，和尚在樓下就做了。」

她向男人問道。「啊啊、那是表面上的規定而已。」男人抓抓頭髮，加了一句。

然後，男人像是很興奮地叫了一聲。

「哇、是亂交派對。小穗，快看。」

——小、穗。有多久沒被異性叫小穗了呢。美穗有點害羞地透過雙面鏡的窗戶看過去。十張榻榻米左右的寬廣空間，的確有許多組正在交合的男女，像散布其中似地在這個房間裡。像是要拚命撩撥起對方的什麼似地。順著欲望渴求彼此，把情感大剌剌地攤開，冷淡的行為在眼前不斷重複上演。

在靠近雙面鏡的地方，有三個男人圍著一個女性。

大概是注意到背後的視線，其中一個男人朝這邊咧嘴一笑。

「那傢伙，大概是AV男星吧。」

「……為什麼你知道？因為他動作很熟練嗎？」

「體型看起來是。他們常常三個人一起來。按照規定不能一起來，所以他們就一個一個進來，結果還是常常像這樣亂搞。大概也是在做拍AV的練習吧。」

看著別人的情事，這還是第一次。

「不是想要做愛而已嗎？」

美穗喃喃說出心裡的想法，男人像是很不可思議似地歪著頭。

「唔……是嗎？」

「嗯，可能每天都想要刺激吧。」

因為身體、心靈，都是活生生的。

男人似乎對美穗的話沒有興趣，「看到這種東西，就越來越受不了了。」他一邊摩擦自己股間，一邊喃喃自語，似乎想要立刻進入熱氣騰騰的室內。

「……好，我們也來吧。」

美穗回頭一看，在入口的那個男人，像是對房間裡一再上演的事情完全沒有興趣似地望著半空。

3

今天也睡不著。

最近總是很早醒來，讓美穗相當、不，是非常非常困擾。跟體內時鐘是否正確，或因為踏上不同土地所帶來的時差，是完全不一樣的。很希望自己能陷入深深的睡眠，但總是反射性地早早醒來。腦袋很清楚地醒了過來，但身體卻像是被什麼附身似地沉重不已。是不折不扣的失眠。

她擦著豆大的汗珠，雖然吃了醫生開的藥，但覺得這些藥似乎沒有真的發揮安眠效果。入睡的情況有好一點，但從睡眠時間來看，似乎沒有什麼改善。

撐起沉重的身體，適度地伸展了一下，沒有再被軟綿綿的棉被誘惑過去。

美穗的寢室，看起來很冷清。

六張榻榻米大小的房間，擺著排放了便宜化妝品的梳妝臺，和橙黃色小燈泡微微發光的立燈。裡面有一個不太使用的更衣間，現在變成堆放東西的空間。有著木頭紋理的木地板，是這個家興建之初，美穗因為喜歡而親自挑選的。朝陽會照進來、有著窗格的窗戶外面，還是灰濛濛的一片。這裡幾乎是不打開的，所以內側積了一層薄薄的塵埃。不過，沒關係，反正是自己一個人的房間。

附近平交道的聲音，在安靜的住宅區迴盪……啊、是第一班電車，已經是通勤時間了。

時鐘所指的時間，尚且遠在鬧鈴響起之前。還可以睡三個小時。

做好覺悟，輕輕掀開溫暖的棉被。打開最新型的電氣暖爐。暖爐中間是空的，就算插上電源也很安靜，即使翻倒也不會引起火災，可以放心使用，這是商品的宣傳文字。美穗躡手躡腳地悄悄潛入可以聽到豪爽鼾息的另一個房間。

——來，今天的收穫有多少呢？

把像開花一樣散落在地板上的衛生紙撿起來，肺部深深吸入像野獸一樣厚重的男性氣味。

美穗會在早上踏進已經不再同床共枕的丈夫房間。

——已經多久沒有跟他做愛了呢？

如果記憶正確的話，最後一次身體交疊是在五年前吧。跟自己不再被愛是同一個時期。「我們分房吧。」健太趁機提議，美穗也勉為其難地接受。愛的絮語已經消失。兩人之間沒有孩子，婚姻生活踏入第七年。美穗夫妻之間，只是靠著情分和一張紙維繫起來而已。

半年前，美穗覺得應該要做些什麼，抱著豁出去的心情對健太說：

「阿健，我想要小孩。」

「……嗯。」

健太漠不關心地回答，美穗重重嘆了口氣。像是小石頭丟出去後滾落在地上的乾澀聲音，在兩人之間響起。

健太像是不太愉快，用嚼著乾麵包的語氣說：

「我現在工作很忙，再過一陣子吧。」

「好好想一想可以嗎？我已經快要三十五歲了，高齡產婦的話，生小孩會更辛苦啊。」

「我知道。」

眼睛骨碌碌地轉動，美穗耍賴似地接二連三說下去。

「阿健不想要小孩嗎？」

「有一天會想要吧。」

兩人之間出現了沉思的空檔。幸好電視的聲音是沉默的救贖。

「不滿意現在兩個人的生活嗎？」

——啊啊，這個男人覺得很煩吧。不管是只能跟有婚姻關係的對象一起迎接高潮的做愛，或者是有了小孩後，必須獻身似地配合美穗。還有對現在的事、對未來的事，都覺得煩吧。既然這樣，為什麼要結婚？美穗覺得自己彷彿快要陷溺在這些不知該如何是好的問題裡。

因為姊姊有三個小孩，健太對於小孩出生後的種種辛苦，似乎聽到耳朵都快要長繭了。

「如果男人也會生小孩的話，應該會痛到像要死掉一樣吧。女性很堅強。雖然知道自己也是從這裡出生的，但就是覺得恐怖。」

每個禮拜還會上幾次床的時候，健太一邊用手指劃著美穗身下的凹陷處，一邊像是想起什麼似的，心有戚戚焉地說著。

——結婚，是一種修行。

每年越來越常對自己這麼說。在生活中忍耐，或許也是身為這個男人的妻子的任務之一吧。仔細想想，心靈的波瀾，也都保持在一定的水位，平穩地拍打著岸邊。

健太陷入沉默，開始看起之前錄下來的綜藝節目。沒有特別大笑，而只是一直盯著電視而已。

如果不是女人也不是妻子，那麼，我到底算什麼？

——同居、人。

宛如被銳利刀刃抵住似的痛苦，讓美穗悄悄地低下頭來。像是生出一個噁心怪物似地，深深地、黯淡地嘆了口氣。

為了確認現場的狀況，美穗開始掃視丈夫的房間。在公司上班、堅守工作崗位、只是對太太沒什麼興趣、假日總是去打高爾夫球的丈夫，睡臉看起來雖然疲倦，但也同時帶著傲慢的氣息。

「那邊日照比較好，就讓給美穗吧。妳都比我早起吧。」這是健太唯一退讓的一點，跟美穗的房間不一樣，他的房間在北側。因此總是充滿濕氣，彷彿混雜著憂鬱的心情。

下意識拿起的，是常放在便利商店角落的色情刊物。

沒有特別藏起來，雜亂地放在房裡的ＤＶＤ放映機前。美穗拿了起來，看著充滿猥褻文字的內容。年輕漂亮的女孩們裸著身體，帶著跟羞恥完全扯不上邊的表情出現在自己翻開的書頁裡——哎呀，這孩子長得好可愛。美穗沉溺其中，貪婪地細看每一個細節。對於美穗在自己熟睡期間非法闖入房間的事，健太並不知情。

附在雜誌裡的DVD封套已經打開，所以一定在放映機裡吧。眼前彷彿浮現了按下電源之後，房裡響起女性哭叫聲的景象。美穗悄悄把書放了回去，假裝若無其事。健太仍舊發出呼呼的鼾息聲。

輕輕隔著薄薄的被子撫摸，欲望膨脹聳立。

——在美穗體內沉澱殘留的性，突然湧了出來。

像泉水一樣湧出。

可是，現在要怎麼誘惑對方呢？對方既然不想要小孩，應該會兜著圈子拒絕吧。做愛這件事，意外地現實。那些女星的姿態看起來雖然痛苦，卻像是刻意要讓人觀看似地坦露著身體。美穗羨慕地望著那些年輕女星的裸體，再回頭看看像野獸一樣發出鼾息的健太。年輕、女孩。這個事實很殘酷。

——不應該這樣的。

小聲地喃喃說著，這句話大概也無法傳到他夢中吧，畢竟是這樣的男人。

憂鬱的波濤迅速穿過美穗身邊，不知為何心情開朗了起來。她一邊哼著歌一邊整理房間。沉重的包包塞滿了工作用的書籍。這是去年自己送他的生日禮物，把手部分因為重量的關係已經有點綻開。這樣的話，他的肩膀應該會很酸吧，下次幫他搥一搥好了。

沒有性愛關係的夫妻並不是什麼新鮮話題，常常聽到這種事。在白天時段播出的煩惱諮商特集裡、在網路頭條新聞裡，這種話題要多少有多少。向走上這條路的已婚者詢問，或許大多數人都會回答：「我們家也是這樣。」那種事可能會降臨在身邊任何人身上，更不要說是結婚多年的夫妻。

……可是，這樣算不上什麼事件嗎？

美穗已經三十四歲了——二十八歲結婚，現在是認識健太的第十年。雖然如此，她並不覺得自己已經失去身為女性的魅力和性感。健太出門的時候總是會站在穿衣鏡前確認自己的穿著打扮——雖然鏡中老是映出一個頭頂日漸稀疏的男性——美穗也試著站在這面鏡子前，撫摸似地用手壓著左邊睡翹的、像炸開一樣的頭髮。

嗯，應該還不算壞。

身材凹凸有致，皮膚也很漂亮。雖然多少有點雀斑或斑點，可是在同年紀的女性當中，自己看起來還是比較年輕的，美穗對這一點頗有自信。

在金融公司工作，號稱服務臺之花——她是櫃檯小姐。因為健太出入時總是用很有興趣的視線盯著美穗，所以很快就能察覺他對美穗抱著好感。兩人很快發展出男女關係。在那之前，很多男人會找藉口靠近美穗。並不覺得討厭，反正就是適當地敷衍過去，那個時候，還可以選擇要讓誰走在自己身邊。而現在，自己就像被關在狹小的要塞裡。

——我年紀也大了。

美穗再次低頭看著塞滿最新家電用品的室內，唯一一臺老舊的ＤＶＤ放映機。

每一天看著充滿光彩的年輕女孩裸露的姿態，不再渴求現在的美穗，只要靠著自慰或許就能滿足性方面的欲求。

「難得想做、啊。」

唔地一聲，像是沿著地面響起的喃喃聲音從被子裡傳來，美穗於是迅速離開了房間。

4

趕快趕快，主婦有該做的事。

甜得恰到好處的煎蛋、用芝麻油拌過的小松菜和燉菜。把五穀米盛在下面，將做好的便當和筷盒一起用小小的餐巾布包起來。最近，丈夫的飲食終於願意走健康路線了。把不管吃什麼都要加醬油的習慣戒掉，是因為兩年前的健康檢查，被醫生診斷出有高血壓，必須改變生活習慣。醫生所說的五個字「不然會死喔」，以無情的角度刺中健太的心。

準備好早餐，接著把無糖咖啡沖好的時候，健太像是很疲倦似地來到客廳。

伸了一個大到有點刻意的懶腰，他注意到美穗的變化。

「哎呀，怎麼了?難得妳會把頭髮吹捲。」

健太像是用手指畫線圈似地，指著美穗的頭，用慢吞吞的聲音說：「變捲的。」哎呀，他有注意到。美穗很開心，聲音不由得變得興奮。

「因為還有點時間嘛。」

「頭髮那麼多真好，好想跟妳分一點過來。」

健太指著自己已經看得見頭皮的頭頂，「妳瞧妳瞧。」自嘲似地叫美穗看。聽說頭髮會從額頭到頭頂開始變少，看著丈夫像河童腦袋一樣的稀疏頭髮，也可以理解這種說法。

美穗說了聲：「是啊。」有點感嘆地點點頭，然後。

「……怎麼樣？可愛嗎？」

她一邊笑著，一邊用手攏著捲捲的髮尾。健太用慢吞吞的聲音回答：

「嗯，這樣還不錯啊。」果然是敷衍的丈夫。

健太沒有穿平常的西裝，感覺起來不太像是要去上班。

公司對服裝並沒有特別規定。當然，穿著打扮還是應該在符合社會人士身分的範圍內，不過，基本上健太都穿得比較隨興。他本來就不會在意別人的眼光。像現在，明明已經一把年紀了，卻穿著帽T和牛仔褲，打扮得像大學生似地要去上班，美穗忍不住緊張地問道：「穿這樣沒關係嗎？」

「沒關係沒關係，我們公司很隨便。」

結婚之後，覺得不適合待在性質太硬的公司，健太轉換到完全不同的工作跑道上。現在在廣告代理公司寫文案，過著天天加班的日子。三十五歲，年收入六百萬，生活算是富裕了。上班時間大概在十點或十二點之間。提出去的企畫案，可能會因為委託者的想法突然改變，而被全部退回重做。最近有一個大型案子快要交件，所以大多天亮才回家。

今天早上健太仍然說了那句口頭禪。

「累死了。」

深深的嘆息。

服裝和上班時間雖然自由，但對於不得不處理的工作，也同時負有重大責任。健太露出了一早就背負了不祥之物的表情，戳著煎蛋。

「今天大概到幾點？」

美穗問道。健太喃喃自語地說：「這個嘛。」然後回答：「看看能不能趕到末班電車。」

「拚成那樣，頭髮會變得更少喔。」

在玄關送他出門，健太彎著腰，說了聲：「是啊……」很憂鬱似地開始慢慢穿鞋。

加油喔。美穗知道這句話對健太來說會變成負擔。「對一個已經很努力的人說那句話，感覺好像在對他窮追猛打。」健太這麼說。的確，或許真是這樣吧。美穗點點頭。現在已經很努力了。至少，讓自己盡點心意送他出門。

——「出門小心。」「我出門了。」一來一往的對話，沒有交換甜美的吻，美穗只是默默目送丈夫充滿贅肉的背影。喜歡，這句話已經很久沒有出現在兩人之間了。

就這樣，今天健太也投向了沒有變動的日常生活。

……雖然如此。

——幸好他沒有對自己的捲髮一一指摘。

這包含了一種對丈夫的試驗。因為結婚的關係，從之前的公司辭職，每天突然閒著沒事幹的新婚期間，還不習慣不知道該做什麼才好的狀態，美穗每天過著乾澀枯燥的生活。遲鈍的丈夫應該從來沒想過，自己絕對信賴的妻子會做出背叛的行為。身為女人的欲望掀起漩渦，難以忍受的情緒每晚都像要撕裂身體。那些事情，一點一點掐住美穗的心情。

昨晚的淫蕩行為，變成難以忍受的黑暗，鋪天蓋地地籠罩了美穗。

——一直到蜜月旅行之前，都還在幸福的高峰。

吃完早餐之後，整理了一下餐桌，用吸塵器稍微吸了一下房子。時鐘指著十一點。時間總是不知不覺過得很快。美穗打開衣櫃，從現有的衣服裡盡可能選出比較華麗的內衣。拿出還在上班時常穿的短洋裝，那種超脫日常軌道的感覺又一口氣湧了出來。外面的世界，閃閃發光。雙腳像是長了翅膀似地，突然變得輕盈。

然後，像是被某人使勁往外扯似地，美穗從家裡飛奔而出。

——來、走吧。

為了變成一個淫蕩的妻子。

5

中午時分的吉祥寺很熱鬧。

坐在腳踏車後面的男孩，戴著巨大的安全帽搖搖晃晃地穿過這裡。這裡的房子都是比較氣派的獨棟房屋，晚上則散發出悠閒的氣氛。可是，停在這一帶的車並不是高級車或進口車，而是FIT或PRIUS之類、油料便宜的普通節能車。住戶們在金錢方面雖然頗有餘裕，但還不到能盡情揮霍的程度。也或許在這個地方，不需要裝腔作勢。橋口家在這類被歸為生活尚有餘裕的獨棟住家裡，秉持儉約樸素的原則，規規矩矩地生活。

「老姊實在是個無趣的人。」

美穗突然想起兩年前在爸爸葬禮上，妹妹所說的話。

六十歲的爸爸久病過世所帶來的悲傷鋪天蓋地地籠罩自己，幸好住在廣島的妹妹夫婦回來，才像是分攤了一些痛苦似地，中和了自己的情緒。

「遺產的金額，用來付所有喪葬費差不多剛好，不用爭產實在太好了。」

妹妹美沙，在過來的途中似乎想通了什麼，一直表現得很開朗。

葬禮結束之後，直接前往火葬場。

煙霧裊裊上升。爸爸化為灰燼、消失無蹤，變得那麼輕盈。小學時代，媽媽就已經過世，所以美穗和妹妹、爸爸三人一起生活。後來兩個女兒離開家裡，爸爸應該覺得很寂寞吧。二十五年前的回憶，靜靜地在美穗腦中沙沙流過。

媽媽剛過世的時候，他們根本不會做菜，每天的菜色都是明太子。要在學校義賣會販售的商品做不好，爸爸熬夜幫自己縫製。還有三個人一起坐在狹小沙發上看電視的情景——很不可思議，竟然沒有掉眼淚。或者該說，因為連續幾天稀里嘩啦地忙著準備葬禮，現在終於告一段落，於是打從心底鬆了一口氣。

有關葬禮的事由美穗一手包辦，她摸過變得像冰冷橡膠的父親肌膚，也看到他燒化變成骨頭的樣子，即使如此，還是很難相信爸爸已經離開這個世界。要好好理解死亡究竟有多麼困難，美穗親身體驗了這一點。

「話說回來，果然很像老姊的作風。」

美沙偷偷指著呆呆坐在椅子上的健太，對美穗小聲說道。

「什麼叫很像我的作風？」

「不管什麼都選穩定型的，老公也是、生活也是。」

是嗎，美穗陷入沉思。注意到她們姊妹的健太舉起一隻手：「啊、美沙、妳好。」美沙露出機敏的笑容，向姊夫打了招呼。

「從以前就是這樣，帶回來的戀人都是同一種長相。在金融業上班啦、或是廣告代理公司之類的，都是叫得出名字的大公司職員。」

「只是湊巧而已。」

「從來不做破天荒的事，也不會讓爸媽困擾。成績還算不錯，長相也可以，生活過得算是比較好，總是能交到有氣質的男人。這樣或許很厲害，不過，綜合看起來只能算是普通。」

「普通、啊……」

跟常常和爸爸鬥嘴、頑固地堅持自身意見的美沙比起來，或許真的是這樣吧。美穗稍稍能接受這種說法。不過，爸爸最疼的也是美沙。總覺得，跟無須操心的美穗比起來，像小狗一樣什麼都咬、一天到晚闖禍惹出問題的美沙，爸爸總是優先以她為考量。爸爸從來沒說過，要學學你姊姊美穗。

——要是我也稍微耍點任性就好了。

自己似乎常常覺得嫉妒，為什麼跟乖巧的自己比起來，爸爸反而比較重視美沙呢？當然，爸爸應該是想要平等對待兩個女兒的，可是，愛情這種東西往往很殘酷。

是嗎，我算是、普通、啊。

「話說回來，當喪主實在太辛苦了。要是我的話就做不來，像是跟賓客致意之類的，總覺得好像會咬到舌頭。」

「……美沙真是的。」

那時，放在桌上的父親遺照倒了下來，像是在說：「喂！」

美沙很悲傷地笑了起來，說：「哎呀，被聽到了，老爸今天晚上一定會在夢裡罵人吧。」

昨晚哭紅的眼睛，腫了起來

「姊姊實在是個無趣的人，可是，這樣或許比較好，走在平安順遂的人生道路上或許比較幸福。」

「……是嗎？」

美沙所說的幸福定義到底是什麼呢？美穗試著想像。

嫁入豪門。一直保有女性的本質。在海外舉行婚禮。生個一男一女。

不管哪一種，都很容易理解。

其實並沒有特地去選擇安全的人生道路，卻讓美沙有這種感覺，自己也無法否認。選擇最小公約數、過著最低限度的生活，這樣的美穗，跟總是活得隨心所欲、會反射性去問：「這個有必要嗎？」——感情起伏相當激烈——的妹妹不一樣。美沙單純得讓人訝異。有錢人，豪氣地開著進口車——很奢華的那種，價格會讓人睜大眼睛——本人也像身上的飾品一樣引人注目，選擇那樣的人真的好嗎？

在親戚群聚的地方吃著壽司，美沙突然說出讓人意料之外的話。

「我好像有了，在想要不要拿掉。」

桌子上，啤酒空瓶東倒西歪地散了一桌。

很難想像剛才還在舉行沉悶的葬禮，親戚們鬧烘烘地玩鬧成一團，露一手今年流行的一發藝（註5），把爸爸以前惹出的問題拿來當笑話講。託這樣的福，似乎沒有人聽到美沙突如其來的發言，美穗撫著胸口鬆了口氣。

「不要看我這樣，我也是相信占卜的。」

「嗯，妳看起來就是會信的。」

「咦，是嗎？」

5　在宴會等場合，為了炒熱氣氛的餘興表演，能瞬間引發爆笑，炒熱整場氣氛。

美沙打了個嗝，臉上泛紅，說：

「所以，我在想，這個孩子說不定是爸爸投胎的。」

美穗心裡湧出不好的預感。「美沙，等一下，我先問一件事，那個孩子，是你跟你老公的吧？」她問道，看著在稍遠之處乾杯的丈夫們。美沙回答：

「那個嘛，有點麻煩。」她用輕鬆的口氣帶過沉重的話題。

「我跟別人有肉體關係。大概從一個禮拜前開始吧……不管做什麼都覺得身體好重，本來喜歡的咖啡也變得一點都不想喝了。雖然想吐，但吐出來的都只有胃液……我想說，哎呀，該不會懷孕了吧？用了一下驗孕的藥，竟然是陽性！」

「什麼叫『竟然是陽性』。接下來怎麼辦？美沙，妳說要拿掉，那種事很傷身體，真的沒關係嗎？」

「老姊可能不知道吧，現在夾娃娃不用住院，當天就可以回家了。所以，只要有錢，根本不會曝光。同意書也只要自己簽一簽就好了，反正醫院也不會去做筆跡鑑定。」

「我是說……」

美穗一時語塞，美沙繼續說道：「不過，因為是這種時期，總覺得好像是某種命運。」

「知道懷孕的時候，剛好是爸爸過世那一天。說不定爸爸會變成靈魂，回來住在這裡。」

美穗盯著跟健太年紀相仿、看起來很穩重的妹夫。

要是他知道的話會怎麼樣？光是想像，就覺得恐懼到全身寒毛直豎。聽說妹夫平常人雖然不錯，但是一吵起架來，語氣會變得很暴力、而且還會揍美沙。要是聽到這種不祥的事情，說不定會演變成殺人事件。

美穗突然覺得更擔心了。

不管是寶寶的生命，或美沙的生命，都一樣重要。

「姊會陪妳，我們去醫院。」

她想起美沙說過，為了爸爸的葬禮，會在都內老家待一個禮拜，於是她握住美沙的手。

「嗯，可是，心情還是沒辦法整理好。爸爸在天國一定也會覺得傷心吧。真希望我可以跟老姊一樣，過得踏踏實實。」

剛才明明還說老姊普普通通，現在卻羨慕起剛剛自己指責的對象，這一點果然也很像美沙。

美沙像是喝醉似地嘿嘿笑著，最後又講出難聽的話，喃喃地說：「老姊要是不去搞個外遇的話，會變成女人的致命傷喔。」

——真希望我可以跟老姊一樣，過得踏踏實實。

——要是不去搞個外遇的話。

不過，這個比外遇還厲害。

去參加AV製作公司的面試，大概是一個禮拜前的事。

原因來自她在健太房間晃盪的時候，偶然看到DVD上的女性，跟自己長得很像。長相相似，年齡也相差無幾，看起來像是有小孩似的豐滿女星。喜歡纖細女星的健太竟然會選擇這一類影片，實在難得。美穗像是從層層堆疊的DVD裡發現寶物似地，很珍惜地拿起來細看。

在 BeStar 事務所擔任專屬女星，年過三十仍舊活躍，這種資訊在網路上簡單就能查到。對於這種不斷湧出的放蕩性欲，到底該怎麼做才能壓下來呢……不知道。它像死者的手下似的，突然出現在美穗身邊。回過神的時候，美穗發現自己已經像求救般地撥打電話給事務所——長久以來格格不入的感覺，好像可以就此解決，她求助似地期待著。

6

比指定時間還早到達約好的地點，美穗有些坐立難安。

話說回來，已經很久沒有跟人約見面了。有時會跟前公司同事約好去某人家聚會，一邊吃著彼此帶來的點心一邊聊天，或者在熱門的ＳＰＡ沙龍裡談笑，不過這種聚會畢竟不常有。用髮膠固定捲捲的頭髮，全身灑滿香水，美穗近乎神經質地把不同於平日的女性味道，不斷往自己身上堆疊。

過了好一會兒，一名男性略略向她打了招呼，來到她身邊。四周沒有什麼人。幾對情侶在意他人的眼光，迅速地進出這一帶。離澀谷站稍遠的圓山町，有一條賓館街。

「是橋口女士嗎？」

男子個頭不高，站在一起時，跟一百六十公分的美穗比起來，身高似乎差不了多少。

「是。」

「事務所離這裡走路五分鐘，這邊請。」

叫做石村的男性，穿著不鬆不緊、剪裁得宜的合身黑色西裝。是為這個男性特別裁製的西裝。美穗想起健太在以前那個公司上班的模樣，覺得有些懷念。跟西裝同一顏色的黑框眼鏡底下，有一對和善的眼睛。

剛才籠罩著天空的雲層已經散開，是晴朗的天氣。

「對了，橋口女士走路的樣子很好看。」

美穗覺得，這個人講話方式很穩重。說話的模樣不會讓人覺得討厭，他不是莫名其妙地恭維對方，而是坦率地說出自己的感想。兩人並肩走在一起時，他像是很陶醉似地，側目望著美穗。

「您家裡的教養一定很好。」

——「寫字漂亮和姿態優美，不管何時都是女性言行舉止裡重要的事。」

爸爸不厭其煩地說過，媽媽生前是一個走路姿態優雅的女性。走在一起的最低。

時候，她總是挺直背脊，散發出凜然的氣質，就算站著也像花朵般美麗。美穗對自己國小時期有關媽媽的記憶已經很淡薄，就像滲開的水彩顏料一樣不可靠。需要監護人填寫意見的聯絡簿上，爸爸總是用有力、流暢、端整的字體寫上文字。老師總是說，美穗同學的爸爸寫字很漂亮，她也因此覺得更驕傲。之所以跟美沙一起練字，也是從那個時候開始。平常並沒有對她們特別嚴格管教的爸爸，一直到最後都很堅持的事情，在美穗長大之後，一點一點地在她沒有注意到的地方發揮作用。應該要誠心地感謝爸爸才對。

稍微走了一會兒，來到一棟出自設計家手筆的房子。這一帶的物價應該比吉祥寺高一點吧。一瞬間就想到地價，是因為之前在尋找獨棟住家時，幾乎看遍了所有區域。美穗想都沒想就對石村說：「這裡地段很好呢。」

「謝謝，剛好是五年前搬過來的，唯一缺點是從澀谷站走過來遠了一點。啊，請進。」他打開門，招呼美穗進來。

屋內的水泥灰牆讓人有閉塞感，如果要居住在裡面的話多少還是有些抗拒，不過天花板鑲了玻璃窗，陽光可以充分照入屋內，這一點設計得很棒。

「以我的年齡來說，應該算是熟女了吧。」
對方端茶過來的時候，美穗趁機說出自己在意的事。
「啊，事實上，AV女星的熟女標準很不可思議，也有人二十六歲就以熟女女星的姿態發片。」
「二十六歲，不會太年輕了嗎？」
那麼我不就算是「高齡熟女」了嗎。
「是的，所以跟熟女這個界線沒有關係。有時會謊報數字，其實是三十歲，封面卻寫著四十五歲。這樣一來，反而可以引起話題：『啊，四十幾竟然這麼漂亮。』其實本人只有三十幾而已，漂亮是當然的。有時也會像這樣逆向解釋年齡，然後發片。」
美穗點點頭，很專心地聽石村說明。
美穗常常不知道自己到底想要什麼。來自丈夫的愛情。圓滿的夫妻生活。生小孩、養育小孩。到死都要克盡身為女性該有的任務。每天的日子雖然穩定，但沒有新鮮的刺激或快感。如果要追求刺激，一開始就不應該在無名指套上戒指走入家庭。看到健太對著一臉訝異的父親低頭鞠躬的模樣時，自以為自己是世界上最受寵愛的人，但曾幾何時，這些都像是不知多久之前曾經做過的虛幻夢境。美沙所說的，繼續過著普通生活就是長久的幸福，為什麼會跟這個不一樣呢？

「這是我第一次想要不帶感情地做這種事，自己也一直覺得很困惑。」

「一開始不管是誰應該都會覺得不安吧。來到這裡的人，大家的動機和理由都不一樣，會困惑也是理所當然的。」

石村笑容滿面地回答。

「首先，請讓我拍幾張面試用的照片。我會先出去，等脫好衣服之後，請叫我一聲。」

美穗一個人孤伶伶地被留在變得安靜的屋內。她照石村所說的脫下衣服——要脫到什麼程度呢？她一口氣脫下小心不讓它綻線、仔細穿上的長筒襪。把洋裝和內搭背心通通丟進用麥克筆寫著「面試用」的籃子裡。留著下面的短褲，把內衣的背扣解開，一口氣釋放了肩上的壓力。兩個乳房咚地彈了出來。

仔細往下盯著自己，總覺得乳房下垂得很嚴重。

「我會拍個幾張。」

廉價數位相機的閃光燈亮起。第一張覺得刺眼。頓時想起公司員工旅遊時，以京都銀閣寺為背景拍團體照的那個瞬間。突然之間，嘴角自然地揚起。像雜誌上刻意擺出笑容的那些女星一樣。嘴角更有自己的意識了。按下第二張照片的快門，第三張、第四張……腦袋裡慢慢填滿了好看的脣型，嘿嘿地嘲笑著美穗。嘲笑她不惜背叛他人，也要用女人的身分活下去。下腹部鬆垮的肉和下垂的胸部，結果還是覺得贏不了雜誌裡的她們，美穗莫名地、覺得非常悲傷。「……石村先生。」她用顫抖的聲音問道：

「我還有身為女人的魅力嗎？」

石村把架好的照相機移到下巴下面，說：

「嗯嗯，橋口女士真的很美。」

不是表面的稱讚，而是誠摯的心聲。

「不管我說什麼，都只能給橋口女士一時的自信。煩惱其實扎根在更深層的地方不是嗎？——我覺得，不如實際進入現場，讓更多人看到您的魅力，這樣會比較好。不管是透過作品，或透過作品的拍攝，您會感受到前所未有的充實感。」

回到家裡，已經是傍晚過後了。

如果是平常的話，在健太回家之前，美穗會做做自己有興趣的拼布，聽聽硬筆書法講座，一邊看著借回來的影片一邊殺時間。有時興致一來，就會在廚房做做料理。等疲憊不堪的健太回家之後，聊一兩句無關緊要的話，他就這樣倒在床上，連澡也不洗。如果錯過末班電車、搭計程車回來，美穗有時就會先睡。

——維持貞淑才像個妻子，她很清楚這一點。

自己並沒有被迫過著唯丈夫是從的生活。可是，餐桌上放著熱騰騰的、健康好吃的飯，T恤和內衣褲每天都洗得乾乾淨淨，散發出柔軟精的香氣，沙發上沒有亂丟的物品，總是把同樣家具的同樣部位擦得一塵不染——把這一切做好，彷彿都是理所當然的事。美穗的任務就是守護這個家，所以不會有錯。即使如此，對美穗來說，沒有什麼比「理所當然」更讓她覺得喘不過氣來。當健太把空啤酒罐咚地一聲放在桌上時，她自然會去冰箱拿一罐新的出來，身體已經養成了這種習慣。

她常常想，要是有小孩的話，說不定會不一樣。

——說不定是爸爸投胎的。

明明知道自己會被墮掉，卻還是選擇了妹妹的肚子，為什麼我就連一次的緣分都沒有呢？——每次憐愛地看著在住家附近跑來跑去的小孩，美穗總是感到悲傷。普普通通的我，連身為女人的功能都沒有、嗎？

……什麼叫、說不定是爸爸投胎的。

美穗好想哭，輕輕在地板上躺了下來。她擦拭過的枕木地板散發出光澤，像被浸濕一樣反射著光芒。她喜歡顏色穩重的天然材質，所以向工務店直接訂製。從客廳到廚房，每一塊木頭的顏色和紋路都有些微差異，跟寒色系的家具十分相稱。美穗脫掉長筒襪，把洋裝的裙襬拉高，翻身趴在地上。她裸露著下腹部，像在撞擊地板似地不斷用乾澀的股間摩擦地面，激烈地刺激陰核。彷彿要變成熱氣的呼息，斷斷續續洩出。

……就在那個時候，她的視線突然跟放在電視架上的木喰地藏對上。

木雕用銳利的眼神俯望著美穗，彷彿帶著輕蔑的意味。這是跟健太去旅行時，在順道經過的木材店買來的，眼神不帶情感。啊，是和尚。在白雪公主店裡搖晃著、充滿煩惱的皮膚色腦袋浮現在眼前。果然、還是不行嗎？

很想大叫，最後還是忍下來了。

爆發的性欲一旦和緩下來，更加孤獨的黑暗就包圍了美穗。

「希望拍攝工作快點開始。」

她一邊切著準備用來燉煮的豬肉塊，一邊強烈地祈求。

7

秋天的寒意越來越強，原本在公園裡表演才藝的街頭藝人少了許多。一邊呼吸著井之頭公園清新的空氣，一邊沿著橢圓型的池塘稍微走走，美穗看著在眼前表演拋接雜耍的藝人。許多路人被藝人靈活的手法吸引，興味盎然地停下腳步，成為臨時的觀眾。也有很多人出來遛狗。

球畫出一個圓弧，在空中飛舞。

手上的波士頓包塞著換洗衣物。

化妝品可以向專業的彩妝師商借，那邊所準備的身體保養品也很齊全，所以手提行李就不放體積太大的重物。女性在外過一夜所需的行李，其實很輕便。

「第一部作品要拍近親相姦的題材，要去三島拍攝。橋口女士，您能在外面過一夜嗎？」

寫電子郵件也可以，如果打電話的話，希望盡量在白天時間打來，這是美穗拜託石村的事。美穗現在正透過電話跟石村討論接下來的拍攝內容。

「三島、是靜岡那裡嗎？要到那麼遠的地方去啊。」

「那裡有一個借來拍AV用的漂亮溫泉旅館。這次的設定是兩天一夜的家族溫泉之旅，沒有血緣的兒子闖進了包場的露天浴池亂來……導演想拍這樣的情節。我知道橋口女士家裡的情形，所以不要勉強。」

沒有血緣的兒子、母親。或者是公公、媳婦。是熟女女星常有的設定。

……要怎麼跟阿健說呢。

石村催促問道：「怎麼樣？」美穗稍稍沉默了一會兒，回答：

「我會準時赴約。」

適當地用謊言掩飾，想不到健太很爽快地送自己出門。

「一直待在家裡也很悶吧，有時也要出去放鬆一下。」

比想像中還要寬容的回答，讓美穗心生動搖。原本以為困難重重的道路，網目卻大到只要直接穿過去就好了，總覺得少了點勁。那個男人從什麼時候開始，可以游刃有餘地同情妻子說：「很無聊吧。」其實自己很怕事情曝光，怕得要命。但丈夫根本連懷疑都沒有，實在讓人傷心。

在品川車站港南側票口，石村揮著手叫道：「橋口女士。」

「這是去三島的車票，和……」石村從細長的信封裡拿出兩張一組的車票，說了聲：「來。」然後把票拿給美穗。

注意到這只有一人份的車票，美穗擔心了起來，望著石村。

「石村先生不一起來嗎？」

「抱歉，是妳出道的作品，我本來應該去的。可是現在現場有三個案子在進行，經紀人人數也不夠……跟我關係很好的工作人員會在那邊的現場陪妳，要是有什麼問題，或者需要什麼，只要請對方幫忙就可以了。」

——一個人、啊。

「知道了，到了那邊，我會再跟您聯絡。」

從以前就無法適應氣壓變化，一搭上飛機耳朵就會痛起來的美穗，去廣島時，也是搭新幹線再換乘普通列車。上次搭新幹線是在爸爸過世之前，去美沙家的時候——那個時候，旁邊有健太陪著。只有、我一個人。得、振作一點。沒什麼大不了的……只是有點寂寞而已，美穗低下頭來。

離開品川車站三十分鐘之後，視野豁然開朗。

山、山。彷彿有未曾看過的怪物潛藏其中的縹緲雲霧，像要吞噬山林似地覆蓋其上，暈開了山的輪廓。

美穗想起岩崎知弘的繪本，那是美穗爸爸喜歡的。描繪著彷彿軟軟化開、淡淡的、如幻似夢的小女孩們的作品。被碰觸的瞬間，彷彿就會消失的纖細筆觸，總覺得跟自己的心靈輪廓很像。從車窗看出去的景色，就像置身於攤開的繪本一樣夢幻。要是有小孩的話，要讓他或她看這些繪本，對了，繪本塞在客廳書架最裡面。那些有著充滿希望光輝的明朗大眼睛女孩們，屏著氣息，堆疊在誰也無法碰觸的地方。有一天能拿出那本繪本嗎？不知道。

到了車站，攝影團隊的車停在安全島旁。從窗外道路流瀉而過的景色，有飄著白雲的廣闊天空，瀰漫著莊嚴空氣的山林，以及一堆長得很像的拉麵屋，景色幾乎沒有什麼變化。不知道到底還要開多久，就這樣過了二十分鐘，穿過彎彎曲曲的河川，來到一棟古老的旅館。

大概是下過雨了吧，青苔的味道變得更加強烈，猛然鑽進鼻孔裡。上坡途中就會看到那個溫泉旅館。青苔濕答答的，彷彿隨時會讓人滑一跤。看著傾斜的遠方，那一端縈繞著潮濕的霧氣，——來吧。好像用令人害怕的聲音誘惑著美穗他們。

走進旅館裡，穿著運動外套的人們啪搭啪搭地在石板鋪成的走廊上來回走動。佳能的高階相機、照明器具、打光板。吭、咚。入口處的小水池，可以聽到鹿威（註6）回到原來位置的聲音。

6　日式庭園的蓄水裝置。

非常安靜。

美穗連底妝都沒有打，工作人員把館內服遞給她，帶她來到梳妝臺前，把一條像嬰兒圍兜的毛巾圍在她脖子上。專業彩妝師一下子就把美穗的臉打點好了。原本沒有修整的雜亂眉毛，毛孔阻塞但形狀高挺的鼻子，彩妝師一處一處地用彩妝為它們賦予價值。美穗此刻還無法正視眼前那一面有點歪斜的鏡子。

……阿健、有吃午餐嗎？

在自己開始這麼做的時候，丈夫什麼都不知情，就這樣在那個狹小的公司裡過著沒有任何變化的一天。拍攝工作從脫衣處開始。館內服下面什麼都沒穿，很順手地把衣帶解開……阿健，我脫了、喔。攝影機那一側的鏡頭大小伸縮改變，彷彿在喃喃說道，回來吧，現在還來得及。啊啊，可是，再見。再、見。用小小的毛巾，把對丈夫僅存的一點點罪惡感跟裸露的身體稍稍掩住，美穗朝浴池走去。

——在這裡盡情放聲大叫，與其說是人類，不如說像隻飢餓的野獸。

啪沙，溫泉水發出柔和的聲響。用檜木打造的露天浴池，聽說就算久泡也不會疲倦，是高級的美肌溫泉。裡面的溫泉水，嘩啦啦地溢出了幾乎一半。身後一個陌生男子一直拚命叫著：「媽。」——總覺得有種熟悉的味道。「沒關係的。」自己回答。到底什麼事情沒關係，自己其實完全不知道——哎呀，小腹有游泳圈。屏著呼息縮小腹。在一直忍受著漫天襲來的波濤時，疑問變成歡愉——健太的臉雖然稍稍出現了一下——但罪惡感彷彿被狠狠拋到了九霄雲外。

有如電流疾走而過的快感，逐漸像龍一樣不斷攀升，一直到達腦袋。穿著薄透的內衣，一邊引誘著小自己十歲以上的AV男星，平常的自己和現在的自己，哪一個比較像橋口美穗——籠罩著霧氣的這個疑問縹緲地出現，然而，在身體不斷晃動的時候，又像退潮一樣倏地消失無蹤。

——是 BVLGARI Pour Homme，寶格麗大吉嶺茶中性淡香水。

這是剛開始跟健太交往的時候，他所擦的香水。

知道自己覺得懷念的原因時，男人身上些微的香水氣味，已經通通消失了。

8

第二天，自己坐著新幹線，一邊看著左邊窗外山頂頂著白色雲霧、像爆炸頭一樣的富士山，悠閒地踏上回家的路。

正當自己在準備晚餐時，健太很難得地在傍晚回來了。因為時間實在太早，美穗忍不住問了一聲：「怎麼了？」健太疑惑地歪著頭說：「嗯？」難道他發現了自己的不貞嗎？心跳變得很快。可是，那種擔心是多餘的，健太只是笑著回答：「什麼嘛，我太早回來害妳覺得麻煩嗎？」

「玩得開心嗎？跟美沙她們的旅行。」

「……喂、阿健。」

「嗯？」

當健太放下包包，正準備去浴室時，美穗叫住他。

要是錯過這一刻，就再也說不出來了，她想。「那個……」她舔著自己的脣，像是在用舌頭品嘗充滿熱氣而微微震動的嘴脣觸感。

在幾秒鐘的沉默之後，美穗終於開口了。

「現在要不要抱我？」

大膽的行為。美穗的聲音有點顫抖。

這幾年以來，從沒說出來的誘惑。

要不要去御殿場玩？要不要去逛 outlet？要不要去看電影？要不要去前陣子剛開的酒吧喝一杯？——跟這些提議，完全不一樣。

可是，只能把握現在。就像衝動購物一樣，想要拿到手、難以克制的渴望。

健太很難得地紅了一張臉，把兩手放在美穗肩上說：「怎麼了？這麼突然。」他個子雖然高——美穗盯著跟以前比起來不再英俊的丈夫，鼻子跟額頭冒著油光，總覺得這幾年身上的味道也變了。不過，從這個位置，看不到令人遺憾的頭頂。

「不要說你今天很累。」

「我又還沒說。」

「嗯……」

「總覺得好像被強迫一樣。」

強迫——這句話，緊緊揪住自己的心。是嗎，強迫啊。

是啊，因為你並不想做。

「可是，根本就沒有不累的時候啊。」

「……哎呀，真傷腦筋。」

無論如何，好歹也是美穗的丈夫。

雖然不是好男人，但就是喜歡上了。蜜月旅行去夏威夷也很開心，雖然每年的品質和價格不斷下跌，但對美穗來說，就算是活動贈品，都是她重要的寶物。她清楚記得，自己在當櫃檯小姐的時候，在入口處，那個直直朝自己走來的健太。那是第一次的邂逅。他跟大概是同事的男人一起來，要了自己的聯絡方式。後來，他害羞地告訴自己，因為覺得一個人去很害羞，所以找同事壯膽，當時覺得他好可愛，這些事都記得清清楚楚，不曾褪色。那時的心動，非君莫屬的無敵愛情，似乎都被遺忘了——到底是從什麼時候開始，原本被丈夫追求的自己，反過來追著丈夫的腳步？

「偶爾這樣也不錯，來吧。」

先去洗過澡之後再開始，之類之類的，美穗接受了健太一堆條件，但因為擔心他臨時變卦，所以硬是闖進了丈夫的寢室。

一起脫了衣服。慢慢地、仔細地。跟以前比起來鬆垮的身體坦露在彼此面前，美穗稍稍覺得放心，把原本吸氣藏起來的游泳圈露了出來，沒有必要裝模作樣。美穗憐愛地撫摸著健太的肚子，像裡面寄宿了珍貴的生命一樣。

汗臭和體臭混合在一起，瀰漫在美穗眼前，毫不客氣地鑽進鼻孔。但總覺得很喜歡，她下意識地緊緊抱住健太。

「所以我才說要去洗澡啊。」

健太很不好意思地舉起自己的手臂，聞聞腋下的味道。美穗鑽進像是很不好意思地說著話的丈夫胸前。

「……好懷念喔。」

健太也同樣緊緊抱住美穗，美穗想，說不定什麼都沒有改變。他們像尋寶一樣，用舌頭舔拭彼此的身體。每當感覺到身體彈跳似地動了一下的時候，就覺得更加興奮。近看健太聳立的滑稽部位，跟昨天拍片的影像重疊在一起了。還要、還想要得更多。想要把彼此的凹凸之處疊合在一起，總覺得這樣好像就可以修正兩人每天漸行漸遠的鴻溝。美穗環住健太的肩膀、脖頸，喃喃說道：

「不進來嗎？」

「……我的習慣變了。」

變成什麼樣子？美穗問道，健太喃喃說：我希望妳在我面前自慰。

「跟做愛比起來，這樣比較能讓我有感覺。」

唔。美穗點點頭，很想笑他都在哪裡做這種事。知道了，她開始用手玩弄自己的陰部。其實，我也很想在地板上摩擦自己——不過這樣一來，自己曝光的部分會比健太多，所以她還是忍著沒說出心裡的想法。繼續用指腹刺激陰部，身體一口氣熱了起來。看著美穗，健太也開始上下套弄自己。健太問：「可以進去嗎？」美穗回答：「嗯。」她仰躺下來，放鬆身體。健太急急進入了她。

美穗別過臉。

秋天的夕陽，軟軟地照了進來，似乎讓窗臺的髒汙更加明顯。

「默默支撐這個家庭吧。」就算被他人如此要求，美穗仍舊懷抱著孤獨。不可能有王子帶自己翩然離去。對美穗來說，最重要的，是眼前這個變得越來越醜的丈夫。

房間逐漸被夜晚的黑暗包圍。他們沒有打開立燈，就在昏暗的室內，壓低聲音交合。如果。健太也去外遇的話——這樣或許比較好吧。閉上眼睛，假裝若無其事。可是，我背叛了你，在外面嗯嗯啊啊地叫著、跟別人做愛。

美穗把手搭在幾乎要喘不過氣的丈夫肩上，問道：「還好嗎？」健太說：「啊啊，我快死了。」「因為很久沒做了嘛。」美穗回答，啊啊，既然這樣，我也跟著一起死掉好了。她如此想著。

啪搭一聲。汗水從健太額頭上滴到美穗眼角附近。

美穗用手指挑起汗水，舔了一下。像立刻浸透到乾枯大地似的，鹹鹹的，丈夫的味道。那個味道通過美穗喉嚨，進入身體深處。像點滴一樣，要是愛情也能像這樣一點一點地縈繞整個身體的話就好了。美穗把臉挨近健太，疊上他的嘴脣。

那個時候。

「……好熱。」

怎麼會用懶洋洋的語氣這麼說呢。正當美穗這麼想的時候，健太爬了起來。

一邊用手擦著汗水，一邊咚咚地踩著粗魯的腳步走向廚房。

從門的另一端，傳來打開冰箱門的聲音。

——放在廚房的手機響了起來。是My Little Lover的「Hello again～在以前的某處～」。這是美穗喜歡的歌，她把這首歌設定成郵件鈴聲。

桌上的手機一邊震動，一邊閃著不同顏色的光。美穗鑽出被子一看，螢幕上顯示著石村的名字。

身後傳來健太懶洋洋的聲音：「這種時間，誰打來的？」美穗想堆出讓他安心的笑容，然而卻不太能笑得出來。

「是美沙傳的郵件，叫我下次去廣島。」

——接下來，也會像是被拉過去似地，繼續著不貞的行為吧。一無所知的丈夫像是覺得很不可思議似地，只是對自己笑了一下。

4章　彩子

1

突然聽到玄關傳來啪的一聲。

知惠回頭問道：「……是誰？」但這種黃昏時分，實在想不到有什麼人會不按門鈴就擅自闖進屋裡。她停下切蓮藕的動作，身體發抖。

……難道。

房子裡有其他人在嗎？

電視上常見的可怕新聞閃過知惠腦中，她抓起放在房子角落的掃帚，彎著身體小心翼翼地朝玄關靠近。

是啊，沒有其他人在的家。沒錯。

悄悄靠近，猛然從玄關附近的死角衝出來，掄起掃帚，用渾身的力氣大叫啊啊啊啊啊！她想，要是附近鄰居能夠聽到，萬一發生什麼事的話，或許會有人通報吧。

知惠現在是一個人生活。

要是孤單一人倒在家裡，誰也不會發現，世界仍舊會照常運轉吧。

……輕輕睜開眼睛。

人影像是很困惑地晃了一下，仔細一看，一個年輕女人站在混凝土地板上。屋子裡似乎有其他人在。那麼，是誰？知惠定睛一看，「哎呀」地叫了一聲。

女人有著跟知惠相似的端整五官和纖細身材，散發出凜然的華貴和誘人風采。長髮輕飄飄地從人影身上垂散。

美麗的、女兒。

明豔照人地，但有些不太愉快地低著頭站在那裡。

「……什麼，原來是妳啊。」

「好久不見，不是小偷上門。」

知惠鬆了一口氣摸摸胸口，這時才注意到跟女兒牽著手的小孩。

……大概是幼稚園左右的年紀吧。雖然是小孩，但她沒有焦點的視線，在知惠眼裡看來，覺得有點毛骨悚然。眼瞼很薄，眼睛細細長長，像牡丹一樣的紅色嘴脣，因為寒冷而發抖。

年紀明明還很小，卻散發著妖豔的氣息，更加突顯出她的神祕感。

知惠像是在看一個耀眼物體似地瞇細眼睛。

「孝子……這孩子是怎麼回事？」

她惶恐地問道，美麗而任性——突然像是丟下這個家似地飛奔離開——知惠的獨生女回答：

「她叫彩子。」

「嗯……」

知惠覺得很頭痛，低頭來回望著女兒和孫女。

這時。

從海崖那邊吹過來的海風，發出寂寞的咻咻聲，帶著寒意吹進家裡。在圍牆另一側、洶湧的日本海，像是帶著強大意志似地捲起黑色波濤。位於高地上的木造房子，因而非常寒冷。知惠走下混凝土地板，把玄關的門關起來……這孩子真是的，什麼時候生了小孩？

知惠無法完全隱藏自己動搖的情緒，不過，她還是一邊抖著身子，一邊說：「來、快點進來，很冷吧？」招呼那兩個人進屋。

她拖著沒有用到的掃帚，那對美麗的母女踩著小碎步跟在她後面。

望著在自己四十六歲時突然冒出來的孫女彩子，知惠懷念地想起，孝子以前也有過這個時期呢。已經是二十多年前的事了。她獨自一人努力，一手把這個孩子帶大。那個時候，不管是身體還是心靈，都比現在年輕許多，肌膚也充滿彈力。就算擦的是便宜化妝水，也像是融進細緻肌膚似地迅速吸收，不管到哪裡，都會吸引那些充滿活力的男性們的視線。剛好就像現在的孝子一樣，身為女性的開花時期。燦爛盛開的、以前的我。知惠一邊撫摸鬆弛的臉頰一邊回想過去，總覺得當時的自己已經被拋在遠遠的地方，不過，為了守護孝子，就算豁出這條命也無所謂，知惠是真的這麼想的。用打從身體深處咕嚕咕嚕沸騰的炙熱情感。用韌性。用愛。因為女兒如此可愛、讓人憐愛，沒有辦法。

和成長中的心愛女兒一起度過的每一天，就像是在寬廣的畫布上，用暖色系的顏料描繪出柔和鮮明色彩、裝飾在美術館裡的優秀作品一樣，在陽光燦爛的地方閃閃發光。

不求回報的愛就是這麼回事。

2

三人坐在椅子上，孝子緩緩說道：「這是我帶來的土產。」然後從紙袋裡拿出東京芭娜娜。「只是微薄的小東西而已。」

「……這個，我常在電視上看到。」

知惠忙著泡茶的時候，孝子一直默默地想著事情。

……到底要從哪裡開始說比較好呢？

應該準備了很多說詞才對。在從東京前往金澤的電車裡，望著從窗外流逝而過的景色，一方面對於生養自己的故鄉抱著敬愛之情，一方面卻也被像是拋下這裡似地飛奔離開的罪惡感所糾纏。

就算在車站的商店買了東京芭娜娜，也——

知惠忙著招呼這兩位安靜的訪客。

「妳是小彩吧。要喝什麼呢？家裡沒什麼果汁類的飲料，對不起啊。」

知惠說著，從放了各式各樣餅乾糖果的袋子裡拿出一些零食，放進圓形的木盆裡。裝了柳橙汁的玻璃杯上，有可愛的花紋。然後再把東京芭娜娜放在旁邊，桌上的餐點突然之間變得豪華了起來。

啊啊，好像開了一個很棒的派對！——彩子的表情亮了起來。

另一方面，孝子默默望著在廚房準備餐點的母親……媽媽老了。跟十年前比起來變得彎駝的背，讓孝子感受到母親肉體的變化。孝子不在的這十年間，懷念的老家沒有腐朽，什麼都沒有改變，總覺得只有在這裡生活的知惠，莫名地被時間硬生生拋下。

那個事實，讓孝子的心像是被扭絞似地緊緊糾結。活力十足、好像不管什麼地方都可以到達的媽媽，現在看起來好虛弱。希望她能一直保持強健。一直……至少，胖一點也好。但那只是孝子所抱持的幻想。上了年紀之後，胸部跟屁股都會鬆弛下垂，變得憔悴。果然，不管是多麼偉大的人類，都還是會變得瘦小。

「媽媽今年幾歲了？」

雖然記得生日，但不記得年紀，孝子開口問道。

「都快五十了。」

知惠爽朗地笑著，笑起來時臉上的皺紋比以前更深，不知不覺地、刻劃在肌膚上。

知惠把溫熱的茶端給孝子。

「……該從哪裡問起比較好呢？」

帶著五歲的孫女，突然回來的女兒。

女兒和孫女回到老家，原本應該是件值得開心的事。可是，知惠隱隱約約覺得事情並沒有那麼單純。

孝子已經快三十歲了。那天，她趁著一時興起，飛奔離家。「我不想一直停在這個地方。」離開之前如此喃喃說著，年方十八的女兒。自己一直如此疼愛她，像是對待纖細物品似地、珍惜地、仔細地養育她。沒想到竟然就這樣離開了。

對知惠來說，東京跟外國一樣。雖然只要搭電車就可以到達，踏上東京的土地也不必出示護照，但知惠的故鄉是金澤，她抱著要埋骨於此的打算，一直住在這裡。知惠的父母也是在這裡出生、長大，在這裡墜入戀情，然後現在靜靜地躺在能看見大海、視野很棒的墓園裡。知惠也想如此，對土地的眷戀不曾淡去。所以，除非有人強迫性地對她說：「離開這裡。」不然她根本不想離開這個地方，她從來也沒想過要主動離開這裡。

可是，女兒不一樣。

自己年輕的時候是怎麼想的呢？知惠回憶著。她想起，自己渴望安定，想踏上嶄新冒險之路的決心，幾乎不曾萌芽。因為一代一代都定居在這塊土地上，就算周圍的人去了東京，自己仍舊像被詛咒困住的靈魂一樣留在這裡。

「都做了這種事，妳還是飄飄盪盪，沒有在任何地方生根。」

「因為……」

孝子像是很疲倦似地低下頭來。

辛苦經營著孤單佇立在能望見日本海的高地上的咖啡館，知惠身邊，像翩然降落、站在濕原上的丹頂鶴一樣的重要東西，數量突然增加，就這樣回到了她身邊。

「小彩是誰的孩子？」

「……」

女兒左手無名指空空蕩蕩。

「妳結婚了嗎？」

「沒有、還沒……」

「什麼叫還沒？小彩都五歲了吧？這孩子的爸爸呢？」

「……」

「孝子！」

「還在，但我們分手了。」

那簡直就像……知惠幾乎要說出這句話來，後來還是吞了回去。

……果然。

還是三心二意，不管對什麼都是。

女兒隨波逐流的個性，知惠其實非常瞭解。不管做什麼都很快厭倦、沒有堅持、沒有持續性。就算提醒她幾句，得到的也都是「太麻煩了。」「媽，不然妳去做。」之類的回應。那種對生活敷衍的感覺，有時會讓人不禁懷疑，她是不是覺得活著很麻煩。對所有事情都無法產生濃厚的興趣、無法表示關心。不管是戀愛、結婚、養育小孩，一定都是這樣吧。

「傷腦筋，真是的……」

「……」

當知惠悄悄在黑暗中哭泣的夜晚，女兒正在某處孕育新的生命。應該是一邊感受著痛楚一邊生下小孩的吧，如今卻好像忘得一乾二淨，就這樣翩然回到故鄉。很想用溫暖的態度迎接她們，但自己究竟該拿這個任性的生物怎麼辦才好呢？

……彩子繼續津津有味地吃著點心。嘴巴裡塞得滿滿的，在吞下去之前又立刻拿起其他點心。

在她身邊的孝子也沒有父親，由於母親的墮落。

在鄰居們往來密切的這條街上，母女兩人的生活常常成為街頭巷尾的話題，也有過覺得丟臉的回憶。

所以知惠不眠不休地工作，想讓孝子盡量不要留下悲慘的回憶，對於學校活動的參與，也從來不手軟。雖然如此，孝子終究還是繼承了媽媽的血緣。

……這不是一樣嗎？

知惠詛咒著自己的過去。

「彩子明年就要上小學了，我想，至少要讓她住在比較好的環境裡。」

啪沙啪沙、啪沙啪沙。

「我工作很忙。」

「我說啊，妳至少也要聯絡一下，我每天都很悲觀地想著，如果妳被帶到某個國家去，我難道就這樣什麼都不知道地活下去嗎？」

啪沙……

知惠的聲音靜了下來。

兩個大人沉默不語，彩子也配合似地停止吃點心。

彩子蓬蓬的頭髮隨便紮成兩束，小小的辮子在肩膀附近搖晃。像是穿了好多天、褪了色的粉紅色洋裝，與其說是衣服，不如說像是貼在身體上的布料，看起來非常窮酸。

至於孝子，服裝雖然樸素，但皮膚和頭髮都精心打理過，長長的指甲塗著厚厚的指甲油，讓她仍舊保有女性的質感。

知惠歪著頭，像是在說……真拿妳沒辦法。

「要好好幫忙做家事。」

就這樣，她們開始了三名女性的共同生活。

3

日子就這樣緩緩過了一個月。

彩子非常喜歡這個家。跟地板上丟滿名牌包包或衣服的前一個家比起來，雖然沒有那麼華麗，但四周安靜、擁有廣大庭園的孝子老家充滿了魅力。

在固定時間，桌上會擺著營養均衡——有著紅色、黃色、綠色食材的豐盛食物——飲食非常健康。水槽裡的待洗物品不會散發臭味，碗盤用過之後，就會立刻回到碗籃裡。

看著外婆不慌不忙在廚房來來去去的身影，彩子總是睜著閃閃發光的眼睛，很開心地、百看不厭地望著她。外婆準備晚餐時，常常會有幸運的事情發生。「外婆，啊——」當彩子這麼撒嬌時，知惠就會把厚厚一塊的魚板，或熱呼呼的炒蓮藕塞進她嘴巴裡，一邊說：「這個啊，是大人的下酒菜喔。」彩子開心地咀嚼這一口奢侈的食物。這是外婆跟彩子的黃金時光。

知惠去工作的時候，彩子就躺在木造走廊上，忙著觀察整理得漂漂亮亮的庭院每一個角落。其中，彩子最喜歡柳樹。百看不厭地一直望著靜靜佇立在那裡的柳樹，時間總是過得很快。

庭院裡常常有毛茸茸、軟蓬蓬的生物跑進來。是有著柔軟白毛的貓咪。彩子幫牠取名為「棉花糖」，但事實上，牠似乎是附近人家飼養的貓，跨過圍牆時，名字也就跟著改變。

「乾脆來我家吧。」

彩子說著，貓咪像是不願意似地喵了一聲。

（我不想被束縛，想要自由自在地生活。）

「我家的炒蓮藕跟魚板很好吃喔。」

（我喜歡小魚乾，這是貓咪的常識。）

出來流浪的棉花糖越過圍籬，又回到飼主身邊。飼主每天都用橘子精油幫牠梳理貓毛，是一隻很享受的貓。可是，牠最喜歡的還是小魚乾。有些貓咪也是很簡樸的。

至於孝子，則是整天躺在裡面的房間。

像是沒有什麼該做的事，像是對人生舉了白旗。

某一天，過午之後。

當彩子一個人玩得很開心的時候，知惠突然叫住她：

「小彩，過來一下。」

「怎麼了，外婆。」

彩子直直望著外婆的臉，她眼角的皺紋，比孝子還多。

「啊啊，真的，眼睛跟以前的孝子好像……一定是像媽媽吧。」

知惠露出開心的表情。

就這樣，知惠這陣子開始檢視這對母女相似的地方。自己不曾見面的父親彷彿遭到了否定，讓人不愉快，彩子對知惠這種視線總是感到不知所措。「牙齒長得不整齊，這是我們家的遺傳。雖然想幫妳矯正，但錢是個問題。」「耳朵長得很有福氣，應該可以好好地聽人家說話。」之類之類的，知惠像是要從各種角度品評似地，對彩子投以舔拭般的視線……想揮開這一切。不是的，我。帶著抗議的味道，彩子皺起眉頭。

「啊、對了對了！」知惠興奮地叫著，聲音像是剛爆開的爆米花。她似乎想到什麼很棒的事情。

「那孩子以前也很可愛的。」

知惠一邊說著，一邊從櫃子裡拿出好幾本相簿給彩子看。過了十幾年才被拿出來的相簿，深深染上了老舊榻榻米的味道。知惠用手撢去封面的灰塵。封面繡著精細的刺繡花紋，是華麗而厚重的相簿。彩子也跟著幫忙，呼地吹走相簿上的灰塵。

灰塵在光線的照射下，在房間裡閃閃發光地飛舞，像是替被塞進櫃子深處、在久違之後重新登場的相簿感到高興。

「……哈啾。」

「哎呀，小彩，還好嗎？」

知惠把吸進灰塵的孫女拉進懷裡，靜靜抱緊她，然後用手指慢慢摩挲著相片上的日期，說：「妳看。」

一九七〇年十月十日——××醫院　上午五時三十二分

「這是妳媽媽出生的時候。」

「咦！」

彩子也用小小的指尖稍稍摸了一下照片。被冷落在櫃子的照片，保存狀態似乎不錯，色澤看起來相當鮮豔。

孝子瞬間被擷取下來的、閃閃發光的過去，塞滿每一頁，滿得好像快溢出來似的。孝子在笑，孝子在哭，孝子在嘔氣，裡面也有像在大叫的表情。每一張都很像小孩該有的樣子，天真無邪、充滿情感。

「啊、有咪咪！」

裡面也有孝子戴著主題遊樂園角色圖案的髮圈，和知惠兩人手牽手的照片。不管哪一張都閃閃發光，兩人的臉上散發著光彩，彷彿隨時要從相片裡動起來似的。「所謂的幸福就是這樣。」這些照片旁邊儼然快要浮現這句臺詞。

彩子心裡微微刺痛。

到底為什麼呢，她歪著頭想。

……回想起來，媽媽幾乎沒有幫彩子拍過照，更不要說拍出足以裝好幾本相簿的照片數量。

在公園玩的時候，媽媽雖然有說：「彩子，看這邊。」然後用老舊的相機幫自己拍了好幾次照……不過，就只是這樣而已。孝子似乎打從心底抗拒「一直把回憶鎖在某個地方珍藏」這種事，或許她早就知道，把回憶鎖進去的那一刻，未來的自己就再也不會回頭看了。

翻過一頁，這次出現的照片，有一個陌生男性跟知惠，孝子夾在兩人中間站著。

「外婆，這個人是誰？」

彩子問道，知惠像是很懷念似地瞇細了眼睛，說：「啊啊。」好像隱藏在心底深處的東西不小心被人發現一樣，眼神深處動搖。那種動搖的模樣，看起來就像是不想被注意到的東西被人觸摸到一樣。可是知惠什麼都沒說。男人身材很好，露出看起來很誠懇的微笑，眉毛上一顆很大的黑痣顯得很有特徵。

一九七五年一月——孝子和這個男性、知惠一起牽著手。

三人披著厚厚的外套，脖子上圍著很溫暖的圍巾，比出勝利手勢，看起來就像真正的家人一樣。

「是很照顧我的人，叫田中先生。」

「喔……是媽媽的、爸爸嗎？」

「呃，他像爸爸一樣照顧妳媽媽。不過，不是爸爸。」

「好難喲。」

「是啊……等小彩長大一點，或許就會知道了。」

彩子再看了一眼三個人的照片。等自己長大一點。很多事情她們都不告訴五歲的彩子。孝子也是。不管問什麼，孝子都只是敷衍著說：「總有一天妳會懂的。」「等妳再長大一點吧。」彩子不懂的事情有一大堆。

她不滿地嘟起嘴來，知惠呵呵笑著。

「小彩也拍了很多照片吧，像這樣回憶過去，是很棒的事情喔。」

知惠像是很開心地看著相簿，在她一旁的彩子，直直盯著媽媽以前的模樣。總覺得不太整齊的瀏海，似乎是知惠在自己家裡開起臨時美容院、動手剪出來的。媽媽竟然也有過跟自己一樣的年紀，彩子很難相信。

出生時的模樣，那樣的大小，眼神沒有那麼冰冷。

那個時候——

聽到走廊上咚咚咚的粗暴腳步聲，兩人回頭一看。

原本大剌剌躺在地板上的孝子慢吞吞地起床了，從微微打開的紙門縫隙，偷偷看著這邊。長長的頭髮垂了下來，手上拿著今天早上放在信箱裡的傳單和一封信。彩子小小聲地叫了一聲：「呀！」

「我想去打工。」

根據孝子的說法，她想去離這裡十五分鐘車程的超市工作。知惠很乾脆地贊成：「這樣很好啊。」對彩子的精神衛生而言，媽媽一直賴在家裡實在不好，人如果不工作的話，就會像是被什麼附身一樣，不斷萎靡下去，知惠知道這一點。要是不把生存的活力散發出來，人會變得越來越奇怪。

住在附近的鈴木先生就是這樣。

原本在當漁夫的鈴木先生幾年前傷到腰，後來鈴木太太就一直在外面工作。知惠和附近鄰居都看到每天無事可做、一大早拿著酒瓶閒晃、進出小鋼珠店的鈴木先生。知惠常常聽說，鈴木先生會為一點小事就扯開嗓門，甚至動手毆打太太。

「不管是什麼事，要一輩子站在現職的位子上果然很難啊。」

鈴木太太說著，一邊掩飾右頰的瘀青，一邊無力地笑著。

孝子站在梳妝臺前，像是耍賴地喃喃說著：「頭髮要重染了。」「指甲也要重修才行。」知惠覺得很錯愕，「唉」地嘆了口氣。

的確，剛來這個家的時候染得漂漂亮亮的頭髮，已經從頭頂開始長出黑色頭髮了。

「是啊，稍微染黑一點比較適合，指甲也剪短一點比較好，妳的指甲太長了。」

「才不是，我想再染稍微亮一點的顏色。」

「去工作不用打扮得那麼時髦吧。真是的，到底在說什麼啊。」

孝子像是在嘔氣似地低下頭來，「為什麼連這種事都不准我做？我又不是高中生。」她喃喃地反抗。

彩子默默看著兩人你來我往的脣舌之戰。就算像這樣仔細觀察媽媽的臉，還是不知道到底哪裡跟自己很像。可是，知惠拚命尋找彩子跟孝子的相似之處，只要有一點小發現，就會誇獎彩子說：「很像小孝，好可愛喲。」

——對外婆來說，可愛的不是我，而是媽媽。

也是從那個時候開始，彩子發現了這一點。

只有像這樣找到跟女兒的共通點，她才能愛身為孫女的我，等彩子長大一點之後，就理解了這一點。同時她也知道，愛情的標的，從來就不是對著自己。

4

日本海的洶湧黑色波濤平息下來，在海崖上的雪割草開始萌芽，沙灘上的濱旋花隨風搖曳，迎接著彩子她們。

小學的開學典禮順利結束，知惠注意到彩子的變化。

「這孩子，會一直眨眼。」

帶去看一下醫生比較好吧，知惠說著，孝子像是覺得很麻煩地打斷她的話：「沒關係啦，每個人都會眨眼啊。」
她說著，用手指捲著在美容院保養過的豔澤髮絲。
「話是沒錯，可是，她會很用力地閉眼、然後再睜開眼睛，感覺很奇怪。」
「妳看。」知惠蹲下來，跟彩子的視線相對。彩子一邊聽著外婆說話，一邊抬頭看著媽媽。彩子當然沒有發現自己的狀況，而且也不知道一直盤踞在心中、不安漩渦的根源，其實是來自媽媽。
孝子嘆了口氣，溫柔地摸摸彩子的頭。
「要是擔心的話，請媽媽帶她去吧。」
彩子在金澤市內的精神科就診，是這一帶比較有規模的綜合醫院。從能夠一眼望見被夕陽染紅的日本海的高地，穿過彎彎曲曲的道路，終於來到熱鬧的街上。穿過碎石路的時候，車子就會砰砰彈跳，像是在坐某種遊樂設施似的。
到了醫院之後，兩人不知道接著會發生什麼事，就只是靜靜地等著結果。
「她很安靜，從來不任性，是個很乖的孩子。可是，不太會說出自己的心情……」

醫生詢問有關彩子的狀況，知惠如此回答。

來到金澤之前，彩子幾乎不會主動說出自己的意見。年紀小當然是其中一個原因，不過，就算不是這樣，身旁有孝子這種人，她就像被魔女奪走聲音一樣，陷入了沉默。

——老實說，我一直不知道她在想什麼。

如果天真地跑來跑去、像個小孩一樣耍賴地要東要西，這樣還比較可愛。可是彩子從來不會哭鬧、也不會惹大人生氣。跟她說話時，她總是規規矩矩地回答，從來不會惹禍或添麻煩，是個乖巧的孩子，但在她身上，感受不到活力，有時讓人不禁懷疑她是不是還活著。這是跟幼少期的小女孩很不一樣的地方——

對於從來不要求什麼的安靜孫女，知惠是這麼想的。

「可能是顏面抽搐。」

醫生接著說道，這是小孩常見的症狀。

「大多是一時性的，多半等青春期過後就會消失，不是什麼罕見的疾病，應該沒有什麼問題。」

從此以後，知惠對彩子更加用心。媽媽漠不關心的孩子實在太可憐了。知惠開始頻繁地帶彩子出去。她們會帶著遮陽傘和野餐墊，在海風的吹拂中，享受被溫暖太陽包圍的感覺。可是，彩子最喜歡的還是跟庭院裡的樹木和棉花糖說話。到了春天，滿園盛開的花朵非常美麗，讓彩子打從心底覺得非常滿足。

還有，彩子很喜歡用各種顏色把這些景色畫下來。知惠送她畫具之後，彩子開始沉迷於畫畫。

「哎呀，畫得真好啊，小彩。」

從小小手中誕生的無數圖畫，讓大人們讚嘆不已。從毫不猶豫地揮動的畫筆筆尖，接連出現的形體和景色都非常美麗，色彩鮮豔，有著彷彿能浸透人心的透明感。她所畫的、波濤洶湧的日本海，洋溢著強勁的生命力，彷彿下一刻就要動起來似的。

彩子的作品一張張填滿畫本。

「孝子，妳看，小彩很有才華呢。」

知惠像是很開心似地把孫女的作品拿給懶懶躺著的孝子看。彩子也像是覺得很驕傲似地，開始想下一張圖要畫什麼。

孝子懶懶地回頭，「嗯？」了一聲。

「咦、很不錯嘛……果然很有畫畫的天分。」

孝子像是很讚嘆似地，瞄了一眼捕捉到棉花糖慵懶臥姿的圖畫，然後就像失去興趣似地，再次回頭看著笑聲連連的電視。

彩子又再次緊緊閉上眼睛，然後用力睜開。

5

「小彩，要趁熱吃，快一點！」

吐司、荷包蛋和脆脆的培根，雖然樸素，卻是「The・經典」的早餐擺放在餐桌上，冒著剛上桌的熱氣。

高雅的外婆一邊泡著熱紅茶，一邊再次催促著：「小彩！快點下來！」要加糖嗎？要加牛奶嗎？要放一點冰塊稍微冷卻一下嗎？外婆的紅茶可以有很多種選項。「好——」甜美的聲音從二樓響起，然後是啪搭啪搭的慌忙下樓聲音。

彩子已經十四歲了。

像直線般地抽長的雙腿，還留有孩童稚嫩感覺的身體，留到胸前的頭髮。前陣子，因為頭髮太長，知惠在家裡開起臨時美容室，啪沙啪沙地幫她修齊。「真的沒關係嗎？」彩子雖然想要拒絕，但知惠說：「只是剪個髮尾而已。」然後就拿出剪刀，實在拿她沒有辦法。把腦袋擺正，會發現髮尾線稍稍往右上傾斜，外婆的技術真不是蓋的。

孝子還在被子裡像貓一樣縮成一團。

「不要理她，我們先吃吧。」

知惠微微一笑，「呵呵。」彩子也跟在她身後露出溫和的笑容。

彩子的胸部逐漸膨脹，初經也來了。她的身體開始違反本人的意志，慢慢變成大人的模樣。總覺得身體自己驕傲任性地不斷往前走，為了不被拋下，彩子非常拚命。大概是感受到賀爾蒙的影響，周圍的男生們像猴子一樣暴露出性欲，常常故意在彩子她們面前攤開色情雜誌。女生們總是此起彼落地叫罵：「討厭——真是的！」「這些臭男生，你們差不多一點！」緊接著男女生們滿教室追打亂跑，把色情雜誌從窗戶丟出去，騷動不已。

彩子總是隱身其中，用讓人幾乎不知道她在不在的存在感，像一直在看窗外景色似地觀察著同學。

……他們只是想要表示對女生有興趣而已。只要不理會，這些男生就不會再這麼做了。

「喂、本間同學，妳喜歡做什麼？」

班上的開心果澤田向自己搭話，彩子抬起頭來，「嗯？」了一聲。喜歡的事情，她思考著。

「畫畫吧。」

「是嗎？我就覺得妳很有藝術系女生的氣質。妳都畫什麼？」

對於「跟個性陰沉、不跟任何人說話的同學」搭話的澤田，彩子稍稍覺得火大。澤田這種行為只是想跟周圍炫耀：「我可以跟各種人當好朋友。」只不過是為了聽到「澤田同學真是個好人」而已。

所以彩子故意說出澤田聽不懂的話。

「大概就像濟斯瓦夫貝克辛斯基那樣的感覺吧。」

「濟斯什麼碗糕?好像有聽過、又好像沒聽過……」

「……他的畫作，被說是只要看過三次就會死掉，你不知道嗎?作品一點也不開朗，因為，他又被叫做『瀕死畫家』。」

「咦、咦……」

那之後，澤田像是落荒而逃似地跑掉，再也沒有過來跟彩子說過話。這是當然的，從一開始他就對彩子沒有興趣。

彩子無聊地從教室窗戶望著外面。

蟬唧唧叫著。金澤二十一世紀美術館、兼六園。車站前雖然充滿都會風情，但只要稍微坐一段公車，就可以來到歷史上的名地點。彩子很喜歡金澤這種同時混合了古都和現代風情的獨特氣氛。對了，今天去買畫具吧，想要新的畫布。

她把要買的東西寫在筆記本上。

上完課、打掃完畢，離開學校。把稍稍折短一點的裙子恢復成原來的長度，牽著鐵馬二號——這是彩子取的名字，一號在前年壞掉了——背對著慢慢西斜的夕陽，朝東邊騎去。可以聽見從校園傳來棒球隊的叫聲。彩子起身使勁踩著，前進吧，鐵馬二號，快點去文具店。等我啊，畫布。

國中二年級，暑假剛結束的時候。

在每年都會舉辦的繪畫大賽中，彩子第一次入選。這個比賽沒有年齡限制，不管是誰都可以參加，在國內是比較大型的比賽，因為彩子是最年輕的得獎人，所以被地方報紙和電視臺大力報導，變成風雲人物。

「太棒了，恭喜妳。」

在每個月舉行的聯合朝會上，從校長手中接過獎狀，後來發生了彩子意想不到的事情。

樸素、從不顯眼的彩子，開始受到惡意的注目。

「聽說本間同學她媽媽以前拍過A片耶！」

「咦！本間同學、就是那個長得很漂亮，但感覺起來都不知道在想什麼的那一個嗎？」

「沒錯沒錯，總覺得她都是一個人……像幽靈一樣飄來飄去。雖然長得漂亮，可是個性陰沉，像梅雨一樣，濕答答的讓人不舒服。」

謠言把彩子包裹在陰濕的黑暗中。自己爭取而來的榮耀，卻引發了奇怪的謠言——彩子覺得很錯愕。

國中時常常有這種事，其中也包含了小學時未曾經驗過的、邪惡的小手段。混雜著嫉妒，三不五時地鬧彆扭。要全力打擊被挑出來的人選——尤其是對彩子這種聰明的美人，只要用適當的謠言，就可以讓她站上不實的處刑臺。

彩子緊緊咬著嘴脣。

她也「知道」。

當然不是看過媽媽演的錄影帶、直接聽媽媽這麼說。不過，彩子「知道」孝子平常那些不檢點的行為，足以讓自己相信那些謠言。她其實完全不曉得那是事實或謠言。就算媽媽有過那些經歷，她對媽媽的感情也不會變，所以沒有關係。

——這是彩子的想法。

跟這些比起來，還有其他更重要的事。那就是：彩子的人生不能因為媽媽的人生而亂了腳步。

彩子以為謠言總有一天會平息，沒想到卻被加油添醋，變成更巨大的謠言。

「突然離家出走，結果沒錢了才又帶著小孩回來。」

「實在太難看了，竟然做出那種事。」

「而且聽說她爸爸也是AV男星，我媽媽說該不會是在拍片的時候不小心懷了小孩吧。」

「哇，好噁心，本間同學好可憐……」

同年級的同學們用一副「根本想不到有人會這麼做」的語氣說著。彩子變得更孤立了。可是，難看的是你們這些沒辦法把父母跟孩子各自區分清楚的人……彩子這麼想著。

「不要太在意，本間同學，我知道那都是謠言。」

想要暫時喘口氣，彩子一個人縮在教室角落。這時，澤田跑過來跟她說話。「謝謝，不過我不在意那種事。」彩子沒好氣地道謝。「搞什麼啊，本間，人家澤田是好心去跟妳說話的耶。」男生們罵聲連連。

沒關係，我不在意。

我也不期望有人瞭解。

真可惜，自己很喜歡金澤的——卻突然像是踩進敵方陣營一樣。

要是去了遠方，就不用像這樣煩惱了吧。

——回過神的時候，彩子在做時空旅行。很想去想像自己變成大人的模樣。變成大人的彩子輕飄飄地浮在空中。原本垂在胸前的頭髮變得更長了，而且還化了漂亮的妝，鮮豔美麗，眉毛也修得很漂亮。自己比孝子更會打扮。她低頭一看，自己似乎來到很高的地方。陌生的景色、都會的風景，像草原一樣在眼前拓展開來——看不見日本海了。她已經靜靜地離開港都。

再也不會被那些像要追打鼠輩似的、暗地中傷的謠言所欺負。

結束幻想之後，彩子一邊想著，這種環境還要再持續一年半，一邊啪搭啪搭地走回家。她從信箱裡拿出晚報跟幾張傳單，說了聲：「我回來了。」然後走進屋裡。

屋裡傳來懶洋洋的聲音：「妳回來啦。」孝子很難得會從木頭走廊那邊轉頭看她。

「哎呀，臉怎麼臭成這樣。」

到底是誰害的啊，彩子瞪了回去，很想這麼回答，不過還是無視媽媽的存在，就這樣走了過去。正當她準備上二樓時，媽媽慌張的聲音從背後追了過來。

「對了對了，彩子。」

「嗯？」

「今天的郵件只有這樣嗎？」

孝子指著彩子手中的傳單，那是彩子打算鋪在調色盤下面的東西。

「嗯，只有晚報跟這個。」

「……是嗎？」
「怎麼了？在等什麼嗎？」
「要是有我的信跟我說一下。」
「嗯，是誰寫來的？」
「只是個朋友。」
孝子又沉下臉，就這樣躺回去開始哼歌。那是彩子小時候她常常哼的一首歌。歌名是「彩虹的另一端」。
彩子覺得好寂寞，把書包往房間一丟，眼眶熱了起來。
……媽媽、是笨蛋。

然而，有一次，彩子實在忍不住了，於是向孝子問道：
「媽媽、拍過Ａ、ＡＶ嗎？……」
她誠惶誠恐地瞅著媽媽的臉，做好被狠狠責罵的心理準備，露出像是看到昆蟲般的驚懼眼神。
可是孝子的回答讓人意外。

「啊啊……妳知道了啊、會很在意吧。」

那一瞬間，孝子雖然露出驚訝的表情，但隨後又溫柔地、緊緊握住彩子的手。跟外婆比起來，媽媽的手顯得比較豐厚柔軟。

「在彩子出生之前，媽媽做過那種事。」

「……嗯。」

「更討厭媽媽了嗎？」

彩子搖搖頭。

雖然，她打從心底感到絕望，啊啊，果然是這樣啊。

「爸爸是AV男星嗎？」

「沒那種事，是誰這麼說的？」

孝子白色的喉嚨驚訝地動了一下。塗得又白又厚的臉上，紅色嘴脣笨重地浮現出來。又要出去了吧。彩子嘆了口氣。

「說我是拍片時不小心懷上的孩子，因為媽媽沒錢了，所以帶著我回老家。」

「那是什麼？」

「……不知道。」

外面好像要下雨了，雲層像旋緊的蓋子似地覆蓋著天空。風從院子裡吹過來，揚起兩人的頭髮。

孝子露出絕望的模樣，回答了一聲：「這樣啊。」然後接著說：

「抱歉，讓妳遇到不好的事。」

……結果，媽媽的打工也沒有持續多久。

每天在家裡鬼混的媽媽，背上長出了醜陋的贅肉。到底從什麼時候開始變成這樣？她本來很瘦很美的。媽媽不打掃也不洗衣服，連料理也不會做，只有美貌這一點可取。女兒擔心而無奈地低頭看著媽媽。

仔細想想，彩子已經變成比孝子更堅強的女性了。

「對了，彩子，妳的畫得獎了是嗎？外婆應該很高興吧。」

「……媽媽呢，不高興嗎？」

孝子咦了一聲，像是很不可思議地歪著頭，然後喃喃說道：「我當然很高興啊。媽媽不會念書也不會畫畫，所以很羨慕妳。」

結果，她們沒有再談起那個話題。

6

外婆擅長做菜。由於幾乎足以開店的一流菜色不斷出現在餐桌上，彩子雖然年紀輕輕，卻養出了很刁的舌頭。她幾乎不吃學校的營養午餐，唯一能接受的只有剛炸好的麵包或熱呼呼的味噌湯，其他菜色只要一送進嘴裡，馬上就想吐出來。

「要是能帶便當就好了。」

她向知惠抱怨。「哎呀，真的那麼難吃嗎？」知惠像是很不可思議地反問。

「嗯，很難吃。外婆做的菜實在太棒了。大家吃營養午餐的時候都露出幸福的表情，而我的飯菜……都會剩下來。」

「那樣太浪費食物了。」

「是喔？我沒有辦法像大家那樣，對同樣的東西感到幸福。大概是一種奢侈病吧。」

呵呵，知惠很幸福地笑了。孝子從來沒有對她的做菜技術說過什麼。知惠突然覺得很開心。為某人做菜，讓某人高興，這就是做菜的醍醐味。

知惠想把這種喜悅告訴彩子。

「下次我教小彩做咖啡館菜單上的料理吧。畢竟是女孩子，會做菜是最棒的了。」

之後，彩子就常常在咖啡館露臉。這是知惠過世的父親幸一所開的咖啡館「CHIE」，靜靜佇立在能看見大海的最高點，後面是一片安靜的雜樹林。店內沒有改裝，仍然保留當時的模樣。跟新客人比起來，這家店更加重視老客人們，這是幸一和知惠的方針，在這個方針之下，這家店靜靜地營運著。

上了高中之後，知惠更常拜託彩子來店裡幫忙。在餐點方面，只要是菜單上的料理，她已經能做出不比知惠遜色的品質，對於招呼客人也很熟練。看出彩子的吸收力很強，有時知惠也會在假日時拜託彩子來打工，「今天一天拜託妳了。」然後把圍裙和店裡的鑰匙交給她。

星期一傍晚。

一個男人一直盯著正在收拾碗盤的彩子腰肢。

「妳孫女真好，很誘人。」

稍稍混著白髮，跟知惠差不多年紀的青木，是常常光臨 CHIE 的常客。他是附近某個建築公司的社長，平日中午時間或傍晚會信步晃過來，品嘗 CHIE 的招牌餐點拿坡里義大利麵。

知惠回過頭來，稍稍皺起眉頭，喃喃地說了聲：「啊啊。」

「要是能回到那個時候的話，我也想回去。」

「說起來，知惠跟小孝也都很漂亮，本間家出美人啊。」

讓彩子到店裡幫忙之後，那些年紀比較大的常客，似乎都很喜歡店裡多了一個年輕又可愛的彩子。像盛開花朵一樣、年方十七的彩子，越來越美麗，漸漸散發出大人的美豔氣質。她看起來不容易親近，卻反而突顯出神祕的魅力，知惠心裡有某種不安正逐漸擴散。

這孩子，有一天會不會也變成孝子那樣？

就算不是這樣，最近彩子在招呼客人時，常常露出好像在誘惑男人的眼神。有些上門光顧咖啡館、長得不錯的年輕男客向她搭話時，她似乎也沒有特別要拒絕的樣子。她所表現出的態度，就是「雖然會回應對方，不過對對方沒什麼興趣」的模樣。

「彩子，胸部少露一點比較好。」

知惠看著開了兩顆釦子的襯衫，開口指責彩子。彩子抗議地說：「有什麼關係，不然胸部繃得很緊啊。」的確，不知不覺變大的胸部，已經繃住了衣服。前一陣子只要穿運動內衣就夠了。小孩的成長速度很快。

「我帶妳去買大一個尺寸的內衣。我們這裡是老咖啡館，清爽的感覺很重要。知道嗎？彩子。」

「……」

「怎麼了？怎麼突然安靜下來。」

「外婆，難道……」

「什麼？」

「妳嫉妒我嗎？」

知惠「啊？」地叫了一聲，不解地歪著頭。她用參雜著恐懼的眼神，直直看著眼前美麗的孫女。

「不是的，我只是擔心妳而已。」

要快點想好，想好解決這種狀況的方法。

「年輕、美麗……淫亂女兒的女兒，所以？」

知惠一臉迷惑。不等她回答，彩子又繼續說下去。

「我知道喲。捨棄身為女人的本質，成為母親的外婆，其實很嫉妒沒有捨棄女人本質、一路活過來的媽媽。那麼失敗的女兒，要是當時隨便養養，自己則以女人的身分繼續活下來就好了，我知道外婆很後悔吧。」

「……妳在說什麼！沒有那種事！我對於自己對孝子付出的愛情，從來沒有覺得後悔。能生下那孩子、養育她，我真的很幸福。在她出生之前，我曾經很憂鬱，不知道人生到底有什麼樂趣。我一直困在一個冷漠的地方，沒有辦法脫離……可是，跟那孩子相遇之後，我打從心底覺得活著真好，原來這就是成為母親的感覺啊……就算女兒墮落也一樣。這種事情，沒當過父母的話是不會知道的。」

聽知惠這麼說，彩子冷笑。

「等變成大人以後就知道了，沒當過父母是不會知道的。媽媽也是、外婆也是，都只會這麼說而已。」

她冷冷地說道。

這個時候，傳來門扉被推開的聲音，鏘啷鏘啷。彩子叫著：「歡迎光臨。」啪搭啪搭地跑過去。

——淫亂女兒的女兒，所以？

知惠低下頭來。

7

彩子開始跟異性交往，是在十七歲的時候。孝子最近常常外出，幾乎都不在家裡，而且也很少回來。知惠似乎也拿她沒有辦法。孫女和外婆的生活表面上沒有任何變化，只有孝子，像是打從心底討厭一成不變的日子似地，只要一逮到有人願意陪她，就飛奔離開家門。

在小小的汽車旅館裡，被不斷轉換變化的體位操弄，迎來兩人的高潮。在第二次結束之後，他們像是跳進池子似地，把自己沉進被汗水和體液弄得濕答答的床單裡。

……今天、實在很不痛快。

「跟小彩上床之後，以後很難去咖啡館了啊。」

像這樣的夜晚，為了除去在心裡喧鬧不休的芥蒂，她邀熟識的年輕常客上床。

彩子曾經問過他，像自己這種土氣又不顯眼的女孩，他到底喜歡自己什麼。

「臉長得漂亮，身材也很好。這樣就足夠讓男人興奮了。」

男人低頭望著彩子的身體，毫不掩飾地說著。的確，稍稍膨起的白皙腹部，輕輕揉捏，可以感受到它的柔軟。像媽媽的手一樣，柔軟豐滿。想到有一天這裡面會寄宿一個新的生命，就覺得很不可思議。我也會像媽媽一樣，隨波逐流地生下小孩嗎？……一定得要這樣嗎？

「高中畢業以後要幹什麼？」

男人一邊點菸一邊問道。比彩子年長七歲的這個男人，在車站附近經營一家小小的二手書店。情事結束之後，他快手快腳地穿好內褲，一邊把長長的腿晾在棉被上，一邊吐著菸圈。

「沒有特別去想。」

「是嗎。」

「嗯，大概會去店裡幫外婆的忙吧。」

「不過，事情就是這樣。我也想過要當音樂家、要去東京闖蕩、要變成有名的人，但這些都是沒有經過深思熟慮的願望，結果後來還是接了這個二手書店，窩在這個地方。」

孝子跟在打工地方認識的男人——不過這也是聽來的八卦——他們之間的戀愛現在到底是有所進展還是走回頭路？彩子也不知道。

彩子常常看到媽媽一邊看信一邊開心微笑的模樣。心情很愉快地笑著，大剌剌地躺在家裡——那到底是誰寫來的信？

一邊整理亂七八糟散落在榻榻米上的菸灰缸跟雜誌，彩子看到了寄件者的名字。叫 YUKIMASA ——說不定是新的戀人。

總覺得很討厭。

為了讓空氣流通，她打開汽車旅館的窗戶。

好冷……

從窗戶探出身子抬頭看著天空，看見了滿天星星。這個建在山腳的汽車旅館，距離知惠跟彩子所住的、位於高台的老家很近。要到這個旅館，必須先穿過一大段連路燈都沒有、大半都還沒鋪好的道路，一般高中生情侶是不會到這種地方來的。剛剛為止還一直下著的雨，似乎已經停了。在晴朗無雲的夜空裡閃爍的星星，密密麻麻布滿整個天空，看起來好像要落下來似的，一個人獨占似乎有點可惜。

兩人走出房間，迎接早晨，銀色轎車靜靜地等著他們。把用來掩蓋車牌號碼的板子移開，兩人坐進車裡。來，發動吧。已經有點年紀的轎車先生。男人像是自言自語似地喃喃說著。像冰箱一樣的車內，冷得好像快要把肉削下來。男人一邊抖著身體，一邊發動引擎。

彩子摩擦著縮在大衣下的身體，這時，男人突然慘叫了一聲。

「不行，都凍住了。」

昨天下雨之後，過了一個晚上，擋風玻璃上的水都結成了冰。男人打開雨刷，慢慢把表面的冰刷掉。

他像被打敗似地舉起手。

「我去櫃檯要點熱水。」

說著，男人下了車。像是跟走進旅館的他交換似地，一對男女走了出來。星期六早上，有時會像這樣，跟前一晚在同樣地方享受情事的人們偶然相遇。像是什麼事都沒發生似的，像毫無關係的陌生人似的，兩人臉上都沒有任何表情。

沐浴在朝陽之下、那對男女的結局，在彩子眼裡看來非常滑稽。裡面也有搞不倫之戀的人吧。她不只一次在這裡看過無名指上戒指閃閃發光的男人，跟小自己一輪以上、穿著套裝的年輕女性。

彩子想從車上看看那個女人露出什麼表情。遠遠看起來，女人顯得很憔悴，不過看起來很年輕。彩子的視力從以前就很不好。日拋隱形眼鏡昨天在上床之前就拿掉了。對方歪扭的部分要是連細部都看得清楚，總覺得很可怕——她想起自己第一次看到浮著血管的那裡時，那種奇怪的形狀讓自己頓時退縮了一下。怎麼想都不覺得舔拭吸吮那裡是正常的行為，但到底從什麼時候開始習慣了這種事呢？

旁邊那個男人有著一頭灰白色頭髮，就算沒有近看，也知道大概是五十幾或六十幾歲，同樣露出焦慮鬱悶的表情。那兩個人到底在幹什麼？或許在他人眼裡，我們看起來也是這個樣子吧。想到這一點，就覺得很丟臉。

過了好一會兒，男人保持水平地捧著裝了熱水的臉盆，慢慢回到車子這邊。一語不發，大膽地把熱水潑到車上。

「要是有 T-fal 熱水壺就好了！」

他一邊說著，一邊粗暴地把洗臉盆丟到柏油路上，一屁股坐進駕駛座。

「不用還嗎？」

彩子像是有點生氣地指著掉在地上的臉盆說：「那個。」可是，男人隨便敷衍了兩句：「不用不用。」然後發動引擎。

「對了，今天開始放三天連假。」

聽著從廣播裡流瀉出來的ＤＪ聲音，男人的喃喃自語中夾雜著嘆息，車子風風火火地離開了旅館。

……跟這個男人，就到此為止了吧。

8

某一天。

當彩子在看店的時候，咖啡館的電話響了起來。這是現在已經很少見的黑色電話，很適合這家店的氣氛——雖然撥號碼轉盤有點麻煩——不過，知惠說，在這支電話壞掉之前，就繼續使用吧。

「這裡是咖啡館CHIE，您好。」

「……喂喂、那個……請問本間彩子在嗎？」

陌生的男人聲音，彩子歪著頭回答：

「是，我就是……」

「請問有什麼事嗎？」她追加了一句。

男人報出自己的名字：「……彩子，妳好。我叫後藤幸正。」

幸正，YUKIMASA。

一開始搞不清楚狀況，彩子的語氣頓了一下：「呃呃。」

幸正、幸正。

她搜索著跟自己有肉體關係的幾個咖啡館常客的名字，然後，突然想起懶洋洋躺在榻榻米上的媽媽。

……信，對了，信。

仔細想想，信上所寫的名字好像就是這個。

「常常寫信給媽媽的是您嗎？」

「嗯，是的……現在方便跟妳聊一下嗎？」

最忙的中午時間已經過了，現在店裡沒有半個人，於是彩子回答：「一下下的話還好。」

「妳媽媽有提過我是什麼人嗎？」

是很穩重、深厚的男聲。

「沒有，我也沒看過信的內容。」

男人突然說出令人難以置信的話。

「我是、那個、妳的爸爸……想問問看妳過得好不好。」

「……啊，是嗎？哈、原來是這麼回事啊。」

彩子有些遲疑，用手指捲著黑色電話的電話線。這種事竟然用電話說。

「妳媽媽過得好嗎？」

「我不知道，她都在外面。」

……因為她很淫亂。

彩子把這句話吞了回去。會拍ＡＶ，引起那些謠言，孝子到底是用什麼模樣活到現在，這個叫幸正的人應該很清楚吧。她推測。

男人說了聲：是嗎。清了清喉嚨，然後問道：

「彩子，妳來過東京嗎？」

「沒去過，沒有特別想要去。」

身為彩子父親的這個人，突然提出了一個建議。

「要不要來東京玩？」

「……太突然了。」

「爸爸也想看看妳。」

「我還好。也沒有什麼事情要順便去東京做的。」

「……不要這麼說，東京有很多東西可以看啊。有沒有什麼想去的地方？」

「想去的地方嗎……」
「嗯。」
彩子想了想。東京鐵塔、迪士尼樂園……啊，可是那在千葉吧。跟第一次見面的男人去那裡，感覺實在尷尬。
「……美。」
「美？」
「我想去美術館，國立西洋美術館。」
用戀愛般的心情看著知惠給自己的畫冊，想去世界各國的各個美術館，這個想法在彩子心中膨脹。雖然那只是單純的夢想而已，不過，她心裡想著，有一天想要好好學畫。藝術之街，上野。剛好自己現在對金澤二十一世紀美術館也厭煩了……
「是嗎，國立西洋美術館嗎？」
「是的。」
爸爸的聲音聽起來似乎很開心。
「那麼，下個月左右過來吧，我等妳。」

掛掉電話，「事到如今幹麼出現？」這個真正的心聲湧到彩子喉頭。為什麼要打電話來？為什麼之前都不來找我？

許多疑問一一浮現，可是，那也是「大人的事情」之類的東西吧。

回顧自己至今為止的人生，沒有爸爸並不會讓自己覺得特別不自由。彩子有外婆，媽媽雖然不太像話，但至少還在。不管是教學觀摩或運動會，自己並沒有特別活躍，不過外婆每次都會來參加，幫自己加油。這樣不就夠了嗎？沒有必要變成悲劇女主角。家裡有靜靜佇立的柳樹，慢慢老去的棉花糖也還是會來逛逛。畫畫很開心，每天都能吃到好吃的料理。只要跟沒那麼喜歡的人隨便上個床，就能躲避好像要被不安和孤獨壓垮的夜晚。這樣已經是至高無上的幸福，很奢侈。自己不恨什麼事、不恨什麼人。就算媽媽拍AV惹來一堆謠言……就算自己被別人冷眼相對……

9

當大片大片的雪花從柳葉滑落，知惠仍舊孤單地在咖啡館煮咖啡，孝子仍舊跟不知從哪裡來的男人維持著關係的時候，彩子一個人去東京見爸爸。不可思議地，沒有海潮味道的街道竟然讓人處處懷念——因為那也是自己出生成長的故鄉之一——比金澤繁華，具體呈現了彩子腦中所描繪的都市。搭上越新幹線、再換乘特急列車白鷹號，大概四小時之後——來到上野車站，她快步朝公園出口方向的票口走去。

在票口附近，她從手拿包裡拿出一張紙。

——090-887#-####。

用獨特的圓形字體書寫，來自爸爸的信。彩子一邊按著手機一邊從票口出來，幸正緩緩出現在眼前。

——是我爸爸。那是彩子心中的直覺。事實上她連照片也沒看過。彩子的爸爸，像是在探視票口裡面似地，彎著的腰更加彎曲，看起來像是在尋找女兒的身影。淺淺戴著的灰色鴨舌帽底下看得到白髮。他一看到彩子，視線就停在她身上。

兩人對看了好一會兒。

彩子、是彩子吧？

總覺得好像聽到對方這麼說。爸爸朝這邊慢慢地走過來。他舉起一隻手，微微露出笑容。彩子也稍稍露出微笑。

「……彩子？」

彩子不知道該做什麼才好，用莫名高亢的聲音回答：「是。」

「那麼、我們走吧。」

她點點頭。

該從哪裡開始說起呢？彩子不知道。爸爸似乎也一樣，「平安無事地到達，太好了。」「中午吃過了嗎？」幾句簡短的對話之後，沒有再繼續說下去。

兩人默默地走了好一會兒，來到國立西洋美術館。幸正喃喃自言自語，最後像是下定決心似地說了聲：「好！」

「我們去看常設展吧。」

這附近有許多博物館跟美術館，彩子覺得很羨慕。這裡洋溢著在常去的金澤二十一世紀美術館不曾體驗過的新鮮和魅力。

購買門票，走進館內，兩人立刻在館內展示的雕塑作品前停下腳步。是羅丹。對了，美術館前庭也有展示地獄之門。銅的褐色豔澤，和堅毅的姿態，讓彩子看得入迷。「啊啊，那是『沉思者』羅丹……我以前在藝大也是專攻雕塑。彩子對這方面也有興趣嗎?好開心。」

這麼說的時候，爸爸無名指上的銀色戒指閃閃發光……他結婚了。背後隱約能看見別的家族的身影，讓彩子覺得很刺眼。

——咦、彩子很厲害嘛……果然有畫畫的天分。

——外婆應該很高興吧。

彩子想起看了自己的畫、漠不關心地如此喃喃說著的女性聲音。爸爸是藝術領域的人啊，媽媽。說不定我像他。

像是忍耐著什麼似地，彩子緊緊咬著嘴唇。

身為丈夫、身為父親，這個人到底用什麼模樣活著呢——

模模糊糊浮現的疑問在腦中不斷擴散，可是，當爸爸在說明超現實主義和印象派的差別，克勞德・莫內和胡安・米羅等有名的畫家，還有畫布的種類時，這些疑問就頓時消失了。爸爸對美術領域相當精通。

彩子一邊點頭，一邊問了一個跟美術完全無關的問題。

「你跟媽媽不再見面了嗎?」

爸爸瞇細了眼睛，像是在眺望遠方星星似地回答：

「彩子出生之後我們只見過一次，就是在你們兩個人去金澤的前一天。」

「……這樣啊。」

順著參觀路線從新館二樓朝下面的樓層移動，展示室裡沒有半個人。

「……我一直很想像這樣跟妳們見面，可是瞞著家裡見面實在太難了。」

「我覺得這種事不必勉強。」

「沒有勉強。」

幸正從有著皮革封面的手帳裡拿出一張照片，大約是明信片大小，似乎已經收藏了好長一段時間，護貝膜也有好幾處剝落，表面已經褪色，邊角也磨鈍了。幸正像是很珍惜似地撫摸著照片，就像在對待一隻剛出生的小小生物。

那是以前孝子拍的照片。

「已經過了這麼久了，彩子漂亮到我認不出來了。這是當然的，都已經是十五年前的照片了。」

跟透過話筒的聲音比起來，爸爸的聲音顯得更加蒼老沙啞。彩子覺得眼眶一熱。視線變得模糊，一滴眼淚啪搭落下。不想被看見，她慌慌張張地用衣袖擦著眼眶。

爸爸比彩子想像的還要老。看著厚實的胸膛和長了很多繭的手，他抱著媽媽的同時，也擁抱別的女人，強壯、卻也不檢點……果然、是男人啊。爸爸。

被後面湧過來的團體客人推著觀賞作品，兩人順著人潮走到外面，總覺得看得有點草率。

「去散散步吧。」

爸爸提出建議。兩人在美術館所在的公園裡慢慢走著。大片大片傾注而下的陽光，映出柔柔的風景。人們坐在噴水池旁邊，看書、談笑，各自享受著自由的時間。像是一個和平悠閒的小小國度。

呆呆看著眼前的景象，爸爸問道：「有什麼在意的事情嗎？」彩子回答：

「對你……有一些在意的地方。」

「是什麼？……不管是什麼都好，我想聽聽看。」

彩子呼了口氣。想起中學時聽到的——在彩子出生之前，媽媽做過那種事

——媽媽所說的話，她開口問道：

「……為什麼不阻止媽媽？」

「阻止什麼？」
「為什麼不阻止她拍AV？爸爸……不是她的戀人嗎？」
「……啊。」
「那是因為、」話說到一半，爸爸就陷入了沉默。他花了一些時間尋找用詞，最後終於像把吸滿水的布一點一點扭乾似地，用結結巴巴的語氣說道：
「……我愛她，愛著妳、彩子的媽媽，可是我不知道該怎麼做才好。變成大人之後，常常會遇到這種情況。至今為止我背叛了兩個女人，這是在彩子出生之前的事。那是很深的罪孽，不可能被原諒吧……所以，對於孝子跟其他男人上床，我不能說什麼。因為，我沒有開口的立場。這樣或許會被認為不正常吧，不過，從那個時候開始，我們一直對彼此的謊言保持沉默，閉上眼睛不要去看，就這樣一路走過來。」
「唔……」
彩子低下頭來。
彼此的謊言——想問的問題堆得像山一樣高。可是，她知道，那些東西都是隨處可見的淺薄問題。聲音，沉了下去。沉甸甸的石頭，緩緩落入深不見底的湖裡。

「無法理解的我，果然還是小孩子吧。」

彩子只能喃喃說出這句話。不、不是的……她知道其實不是這樣。最像小孩的，是在眼前的爸爸和媽媽。這是彩子對兩個她所不明白的大人的體貼。是無法選擇父母的孩子，努力挺直背脊的結果。你，能感受到這一點嗎？她嘲笑似地望著眼前剛步入老年的爸爸。

「抱歉，彩子。」

「無所謂……只是，為什麼大家都會說一樣的話？雖然，我知道變成大人以後會遇到很多事。」

「這樣啊……」

「嗯。」

爸爸伸手拿下鴨舌帽。大概是因為頭髮被帽子壓得貼在皮膚上，爸爸看起來更老了。

「其實，為什麼我要聯絡彩子呢……因為，我剛剛檢查出移轉到肺部的癌細胞。」

很想說，但說不出口。爸爸用像是終於浮出水面、喘了口氣似的樣子說道。肺癌、生病、生死。兩個字的詞彙在彩子腦中浮游——雖然，很不適合眼前這種悠閒的景象。

「那真的、很難啊。」

「所以我想，死前一定要見女兒一面，於是打了電話。妳媽媽寫給我的信裡，有提到說那孩子在咖啡館打工……那時，是彩子接的電話，應該也是某種命運的安排吧。」

東京的風，嗖嗖地穿過兩人之間。跟金澤的風比起來，稍稍溫暖了一點，溫柔地拂過各式各樣的人。

彩子正眼看著爸爸，問道：「爸爸現在過得幸福嗎？」

「嗯嗯，很幸福。雖然對彩子過意不去，不過爸爸現在有家人。雖然會擔心死後的事情……不過，能像這樣和彩子見面，很幸福。」

「……我也很幸福。雖然沒有爸爸，但還是很幸福！」

——不想讓自己陷入悲慘的處境。

彩子原本是打算好好挖苦爸爸的，然而爸爸卻像是很開心似地露出微笑，說了聲：「這樣啊。」

「妳一定可以更加更加幸福的。」

——自己逐漸成長的身體和心靈，似乎要在不知不覺中把我丟下，變成眼前這些大人裡的其中一員，彩子還是覺得有些恐怖。隨著年齡增長，用「這也沒辦法」打發過去，放棄原本追求的夢想，抱著自己某一天出生的小孩，變得像那個媽媽一樣敷衍，常常露出冷酷的眼神——冰凍似地、像剃刀似的銳利眼神——自己有一天也會像這樣對待自己的孩子嗎？還是會像外婆一樣，大聲地宣告自己絕不後悔，變成一個挺胸保護孩子的媽媽？……不知道。膨脹的幻影，讓她感到害怕。

——我們一直對彼此的謊言保持沉默，閉上眼睛不要去看，就這樣一路走過來——散發出死亡氣息的爸爸所說的話，變成憂鬱的波濤，漫天逼近自己。彩子知道，不安的感覺不會消失。

……雖然如此，還是要繼續前進。

彩子再次用力閉上眼睛、然後睜開。

嬉文化

最低。

（原名：最低。）

作者／紗倉真菜　封面插圖／ぁこ　譯者／簡秀靜
執行長／陳君平　榮譽發行人／黃鎮隆
協理／洪琇菁　國際版權／黃令歡、梁名儀
執行編輯／呂尚燁　美術主編／李政儀
發行／英屬蓋曼群島商家庭傳媒股份有限公司城邦分公司　尖端出版
台北市中山區民生東路二段一四一號十樓
電話：（〇二）二五〇〇－七六〇〇（代表號）
傳真：（〇二）二五〇〇－一九七九
中彰投以北經銷（含宜花東）／楨彥有限公司
電話：（〇二）八九一九－三三六九
傳真：（〇二）八九一四－五五二四
雲嘉經銷／威信圖書有限公司　嘉義公司
電話：（〇五）二三三－三八五二
傳真：（〇五）二三三－三八六三
南部經銷／威信圖書有限公司　高雄公司
電話：（〇七）三七三－〇〇七九
傳真：（〇七）三七三－〇〇八七
香港總經銷／城邦（香港）出版集團有限公司
香港灣仔駱克道193號東超商業中心1樓
電話：（八五二）二五〇八－六二三一
傳真：（八五二）二五七八－九三三七
E-mail：hkcite@biznetvigator.com
馬新經銷／城邦（馬新）出版集團　Cite(M)Sdn.Bhd.
E-mail：Cite@cite.com.my
法律顧問／王子文律師　元禾法律事務所
台北市羅斯福路三段三十七號十五樓
二〇一八年四月一版一刷
二〇二三年三月一版四刷

■中文版■

郵購注意事項：
1. 填妥劃撥單資料：帳號：50003021戶名：英屬蓋曼群島商家庭傳媒(股)公司城邦分公司。2. 通信欄內註明訂購書名與冊數。3. 劃撥金額低於500元，請加附掛號郵資50元。如劃撥日起 10～14日，仍未收到書時，請洽劃撥組。劃撥專線TEL：(03) 312-4212 ・ FAX：(03) 322-4621。E-mail：marketing@spp.com.tw

國家圖書館出版品預行編目資料

最低。 /
紗倉真菜 著 ; 簡秀靜譯 . --初版.
--臺北市：尖端出版, 2018.4
面 ; 公分. --(嬉文化)
譯自:最低。
ISBN 978-957-10-7825-0(平裝)

861.57　　106017960